AF746252

www.ingramcontent.com/pod-product-compliance
Lightning Source LLC
LaVergne TN
LVHW050754051026
849532LV00008B/2869

* 9 7 8 9 3 6 9 0 8 9 2 3 9 *

چند حسینوں کے خطوط

(مزاحیہ مضامین)

احمد جمال پاشا

© Ahmed Jamal Pasha
Chand hasinou ke khutoot *(Humorous Essays)*
by: Ahmed Jamal Pasha
Edition: October '2025
Publisher :
Taemeer Publications LLC (Michigan, USA / Hyderabad, India)

ISBN 978-93-6908-923-9

مصنف یا ناشر کی پیشگی اجازت کے بغیر اس کتاب کا کوئی بھی حصہ کسی بھی شکل میں بشمول ویب سائٹ پر اَپ لوڈنگ کے لیے استعمال نہ کیا جائے۔ نیز اس کتاب پر کسی بھی قسم کے تنازع کو نمٹانے کا اختیار صرف حیدرآباد (تلنگانہ) کی عدلیہ کو ہو گا۔

© احمد جمال پاشا

کتاب	:	**چند حسینوں کے خطوط** (مزاحیہ مضامین)
مصنف	:	**احمد جمال پاشا**
صنف	:	طنز و مزاح
ناشر	:	تعمیر پبلی کیشنز (حیدرآباد، انڈیا)
سالِ اشاعت	:	۲۰۲۵ء
صفحات	:	۸۴
سرورق ڈیزائن	:	تعمیر ویب ڈیزائن

فہرست

مقدمہ

ڈاکٹر وزیر آغا

احمد جمال پاشا صاحب کے "ظریف" ہونے میں اب مجھے قطعاً کوئی شبہ نہیں. ان کی مزاح نگاری کی صلاحیتوں کا تو میں ایک مدت سے معترف تھا، بلکہ جس روز میں نے "اسکالر" میں ان کی پیروڈی ــــــ "کیوتر، ایک تحقیقی اور تنقیدی مطالعہ" پڑھی تھی تو میں نے اپنے احباب سے صاف لفظوں میں کہہ دیا تھا کہ "یہ صاحبزادے جوان ہوتے نظر نہیں آتے!"۔ پھر جب ان کے دوسرے مضامین دیکھنے کا اتفاق ہوا، یعنی جب وہ خلاف توقع "جوان" ہو گئے تو میں بھی آہستہ آہستہ اپنی "قیافہ شناسی سے منحرف ہونے لگا اور ان کی مزاح نگاری کا معترف ہوتا چلا گیا. کچھ عرصہ

ہوں، ان کی تصویر ایک ماہنامے میں دیکھی تو یقین نہیں آتا تھا کہ یہ صاحب مزاح نگار بھی ہو سکتے ہیں۔ کیونکہ مزاح نگاری کے لیے راجہ مہدی علی خاں یا مجید لاہوری کی طرح "فربہ اندام" ہونا ضروری ہے۔ اور پاشا صاحب تو کبوتر کی طرح سوکھے سڑے نظر آتے تھے۔ بہرحال جہاں ان کے مضامین کے مطالعہ سے میں ان کی مزاح نگاری اور ان کی تصویر دیکھ کر ان کی طنز نگاری کا قائل ہو گیا تھا وہاں مجھے اس بات کا سان گمان بھی نہیں تھا کہ وہ ایک اول درجے کے ظریف بھی ثابت ہوں گے۔ ہوا یہ کہ پاشا صاحب نے "روغن قاز" میں بھیگا ہوا ایک خط مجھے ارسال کیا جس میں لکھا تھا کہ میں زیر نظر کتاب کا "مقدمہ" لکھ دوں۔ میں دیہات کا رہنے والا ان کی چکنی چپڑی باتوں میں آ گیا اور مقدمہ لکھنے کی حامی بھر لی۔ چند ہفتوں کے بعد اُدھر سے مضامین کا ایک پلندہ موصول ہو گیا۔ اب جو میں لفافہ چاک کر کے مضامین نکالتا ہوں اور ان کا مطالعہ شروع کرتا ہوں تو پہلے ہی مضمون میں مقدمہ لکھنے والے کی وہ مٹی پلید ہوئی ہے کہ الحفیظ والامان! بس میں تو اسی روز سے ان کے "ظریف" ہونے کا قائل ہو گیا ہوں۔ ان کے ترکش میں ہر طرح کے تیر ہیں جو محض شاعروں، نقادوں، ایکٹروں، طالب علموں، سیاست دانوں اور دکان داروں کے لیے ہی مخصوص نہیں بلکہ جن کی زد سے ان کی اپنی کتاب کا "مقدمہ نگار" بھی محفوظ نہیں رہ سکا۔ میں تو خیر اب گرفتار ہو ہی چکا ہوں، پاشا صاحب کے آنے والے مجموعوں کے ہونے والے مقدمہ نگاروں کو مطلع کرتا ہوں کہ یہ مصنف بہت "خطرناک" ہے اور اس کی معیت میں سفر کرنے والا کوئی شخص بھی محفوظ نہیں چاہے وہ اس کی تصنیف کا مقدمہ نگار ہی کیوں نہ ہو۔

لیکن اس سے یہ نہ سمجھ لیا جائے کہ احمد جمال پاشا صاحب کے ہاں طنز کی فراوانی ہے۔ بلکہ حقیقت یہ ہے کہ ان کے ہاں طنز کم اور مزاح زیادہ ہے۔ اور جہاں کہیں طنز ہے ان کے ہمدردانہ انداز نظر، ان کی شگفتگی اور ظرافت میں لپٹی ہوئی ہے، چنانچہ ان کا سارا ردعمل ایک ایسے شخص کا ردعمل ہے جو مسرت اور شادمانی مٹھیاں بھر بھر کے لٹاتا ہے اور جسے زندگی کی تمام تر ناہمواریاں بے حد عزیز ہیں۔ اسی لیے ان کا اصل منصب ایک مزاح نگار کا ہے۔ طنز برہمی کا نتیجہ ہے۔ اس کے خالق کی حیثیت ایک ایسے روٹھے ہوئے انسان کی سی ہے جو زندگی کی ناہمواریوں سے نفرت کرتا اور انہیں تبدیل کر دینے کا خواہاں ہوتا ہے۔ وہ بنیادی طور پر ایک تخیل پرست انسان ہوتا ہے۔ اور چونکہ "حال" اس کی توقعات کے مطابق نہیں ہوتا اس لیے وہ اس کی بے اعتدالیوں کو نشانۂ طنز بناتا ہے۔ اس کے برعکس مزاح نگار کی حیثیت ایک صحت مند انسان کی سی ہے جو ہر شے کو پیار کرتا اور اسے بھینچ کر اپنے سینے سے چمٹا لینا چاہتا ہے۔ پاشا صاحب اس لحاظ سے مزاح نگار ہیں کہ ان کے ہاں ہمدردانہ انداز نظر موجود ہے۔ اور وہ نفرت موجود نہیں جو طنز نگار کے ہاں بہت نمایاں ہوتی ہے۔ لیکن ساتھ ہی ساتھ وہ طنز کے استعمال سے شرمانا بھی نہیں جانتے۔ بس یوں سمجھیے کہ وہ مخاطب کی چٹکی لیتے ہیں اور جب وہ "سی" کر کے ان کی طرف متوجہ ہوتا ہے تو بڑے پیار سے اُس کے شانوں پر ہاتھ رکھ کر ہنسنے لگتے ہیں اور وہ بھی خفیف سا ہو کر ان کی ہنسی میں شریک ہو جاتا ہے۔ پاشا صاحب کا عام طریق یہی ہے، اور اسی لیے ان کا مخاطب کسی ردعمل کا مظاہرہ نہیں کرتا۔ بلکہ چپکے سے، ذرا سا ہنس کر، ذرا سا پہلو بدل کر، ان کی بات مان لیتا ہے۔ اگر یہ بات نہ ہوتی تو راقم الحروف مقدمہ لکھنے والوں پر ان کا

مضمون پڑھ کر مقدمہ لکھنے کے بجائے اب تک کسی اور معقول ردعمل کا مظاہرہ کر چکا ہوتا۔ جیسے مثلاً پاشا صاحب پر مقدمہ، یا خودکشی وغیرہ وغیرہ۔ اور اگر راقم الحروف نے کسی ردعمل کا مظاہرہ نہیں کیا اور چپکے سے مقدمہ لکھنے پر آمادہ ہوگیا ہے تو یہ سب پاشا صاحب کے مخصوص طریق کار کا نتیجہ ہے — طریق کار جس میں نفرت کے بجائے محبت اور برہمی کے بجائے خلوص اور اغماض و در گذر کی فراوانی ہے۔

یوں تو شاید احمد جمال پاشا کے ان مضامین کو پڑھ لینے کے بعد کوئی رسمی سا بھاری بھرکم "مقدمہ" لکھنے کی تحریک کبھی نہیں ہوتی۔ وجہ اس کی غالباً یہ ہے کہ پاشا صاحب کے مضامین ان کے خلوص کی پیداوار ہیں اور ریاکاری ان میں نام کو بھی نہیں۔ پھر مقدمہ لکھنے والا کس طرح اس کا مرتکب ہو سکتا ہے۔؟ اگر یہ بات نہ ہوتی تو راقم الحروف انتقاماً بھی اس "مقدمہ" کا آغاز "ہنسی" کے بارے میں ان مختلف نظریات سے کرتا جو ارسطو سے لے کر ہابز، ہینز منٹ، ڈارون، کانٹ، ٹلی، برگسان، فرائڈ، گریگ، ایسٹ مین، اور آرتھر کوسلر تک پھیلتے چلے گئے ہیں اور پھر شاید قاری اور مصنف دو — دونوں کو مرعوب کرنے کے لیے مزاح اور اس کے امثال — طنز، تحریف، وٹ، رمز، تلخ اندیشی، کا میدان اور فارس کے فرق کو تفصیل سے بیان کرتا۔ وہ اسی پر اکتفا نہ کرتا، بلکہ مزاح کے تدریجی ارتقا کو واضح کرنے کے لیے شیخ سعدی سے لے کر شیخ چلی تک اور مصطفیٰ کمال پاشا سے لے کر احمد جمال پاشا تک — سب بھلے آدمیوں کو لا کر ایک ہی صف میں لا کھڑا کرتا اور پاشا صاحب کے مزاح کو، مزاح کی روایت کے ساتھ اور مزاح کی روایت کو پاشا صاحب کے مزاح کے ساتھ منسلک اور مربوط کر کے دنیا دونوں کو

سرخروئی حاصل کرنے کی سعی کرتا۔ لیکن چونکہ اس کی نیت نیک ہے اس لیے آپ دیکھئے کہ اس نے محض اپنے تاثرات کے اظہار تک ہی اپنے مساعی کو محدود رکھا ہے۔ اور اس خاص میدان سے ایک قدم باہر نکلنے کی کوشش نہیں کی۔

وزیر آغا

۲۳ نومبر ۶۵ء

کُتّے کا خط پطرس کے نام

مکرمی!

"کتے" پڑھنے والوں نے بلند آواز سے پڑھا اور اس خاکسار نے بغور سُنا۔ اس دل آزار مضمون سے ہماری قوم میں کافی اشتعال پھیل چکا ہے۔ گزشتہ کئی راتوں ہم اپنی "رات کی نشست" میں اس پر کافی غور و خوض کر چکے ہیں۔

آپ نے ہمیں اس قابل بھی نہیں چھوڑا کہ اب ہم چار بھلے آدمیوں کے سامنے دُم اٹھا کر چل سکیں۔ خوب! غالباً سگ نوازی اسی کا نام ہے۔ نہ ہوئے آپ ہمارے آس پاس ورنہ ضرور آپ کو کاٹ کھاتے۔ گویا ہم آپ کا دیا راتب کھاتے ہیں۔ سو سُنئے نہ، اگر اس قسم کے مضامین ہم بھی باندھنا شروع کر دیں تو آپ کی کیا رہ جائے۔

مضمون میں گائے بکری سے ہمارا موازنہ کرتے وقت آپ یہ بھول گئے کہ اس خرافات پر کسی گائے کی نظر اگر بھولے سے بھی پڑ جاتی تو یہ کب کا دفتر را گاؤ خورد ہو چکا ہوتا۔

بندہ پرور ہم آپ کی نظر میں بُرے سہی مگر ہماری قوم کی بہادری وفاداری اور جفاکشی تو ضرب المثل ہے انہی خوبیوں نے ہم کو اشرف الحیوانات کے مرتبہ تک پہونچایا ایمان کی بات یہ ہے کہ ہماری اصلیت کو فرنگی پہچانے، ورنہ آپ حضرات نے ہمیشہ گھر کی مرغی دال برابر سمجھا اور دال کو بھی نظر انداز کر بیٹھے۔

اللہ اللہ کیسے کیسے بزرگ ہماری قوم نے پیدا کیے۔ خواجہ سگ پرست کے نام سے کون واقف نہیں وہ ہمارے ہی ایک جلیل القدر بزرگ کی پرستش فرمایا کرتے تھے۔ خواجہ صاحب کا قول تھا کہ "سامنے کا کتا دور کے بھائی سے اچھا ہوتا ہے" مگر موصوف سامنے کے بھائی کو بھی دور کے کتے کو فوقیت دیتے تھے۔ حاتم طائی کی خدمت میں ہمارے ایک بزرگ ہر وقت حاضر رہتے تھے۔ کہا جاتا ہے کہ آخر میں حاتم طائی ان کی خدمت میں حاضر رہنے لگے تھے۔ اب بزرگوں پر بات نکلی تو دور کیوں جائیے۔ اصحاب کہف کی مثال آپ کے سامنے ہے۔ ان کو ہمارے ایک بزرگ اس قدر بھائے کہ قیامت تک خود سے جدا رکھنے پر راضی نہ ہوئے، اصحاب کہف نے صرف اسی گراؤنڈ پر کہ "حق گو کتا ناشکرے آدمی پر بھاری ہوتا ہے" ہمارے بزرگ کی رفاقت پر خدا کا شکر ادا کیا۔ اور یہ واقعہ بہت مشہور ہے کہ لیلیٰ کے کتے سے مجنوں کے ذاتی تعلقات تھے۔ ان کو لیلیٰ کی جدائی گوارا تھی مگر ہمارے بزرگ کی جدائی کی تاب نہ رکھتے تھے۔ چنانچہ حضرت نے اپنی عمر عزیز کا بیشتر حصہ اُن کی دُم سے چمٹ کر گزار دیا۔ جن بزرگوں سے آپ کا سابقہ سر راہے اکثر پڑا کرتا

ہے وہ ثقہ بزرگ اپنی دُم کا لنگوٹ کسے ہرے کھونٹے کی ہچان کے لیے صبح صبح نعرۂ حق بلند کرتے رہتے ہیں اور پیٹ بھر جانے پر بھی آخرت و انجام بخیر کے امکانات پر سوچ بچار کرتے رہتے ہیں۔ جس طرح آپ چاند تک پہونچنے کے مسئلے پر روشنی ڈالتے ہیں اسی طرح یہ حضرات ان امکانات پر غور و خوض کیا کرتے ہیں کہ ہم کتوں کے پر کیوں نہیں ہوتے ــــ؟" یہ بالکل دوسرا مسئلہ ہے کہ اس موقع پر آپ ان سے گاڑی بھر راستے کے لیے منہ کریں اور یہ آپ کو کاٹ کھائیں۔

ہماری مقبولیت سے آپ منکر ہوں تو ہوں مگر حق بات تو یہ ہے کہ دنیا کو اس وقت ہماری سخت ضرورت ہے۔ ساری دنیا کی آنکھیں ہماری قوم پر لگی ہوئی ہیں۔ ابھی ابھی کل کی بات ہے میں نے آپ کی قوم کے ایک ممبر کو دعا کرتے پکڑا تھا۔ حضرت گڑگڑا رہے تھے۔ "چھوٹا بھائی ہونے سے کتا ہونا گوارا ہے"۔ اس وقت میں نے اندازہ کیا کہ دنیا کس تیزی سے ہمیں اپنانے کے لیے آگے بڑھ رہی ہے۔ بہت ممکن ہے کہ یہ سب کسی منظم پلان کے تحت ہوتا ہو۔ دور کیوں جائیے، روز مرہ کی زندگی میں دیکھیے۔ آج بھی آپ میں کتنے ایسے ستمگر حلقۂ دم کے اسیر ہیں جو بغیر ہمارے اپنی تصویر تو تصویر کارٹون تک نہیں کھنچوا سکتے۔ ہمارے لیے کتنے حسن کے مقابلے اور عالمی نمائشیں کی جاتی ہیں۔ سیر و شکار، جلوت و خلوت میں بلا ہمارے ہر محفل سونی و تشنہ محسوس کی جاتی ہے۔ مگر اس نسلی امتیاز کے باوجود آج بھی ہماری قوم اعلیٰ ترین خوبیوں کی حامل ہے۔ آج بلا کسی ہتھیار کے ہم ہاتھی اور شیر کو پچھاڑ دیتے ہیں۔ ہم میں کتنے شیر افگن اور شیر شاہ تھے۔

دشمنوں کو اب ہمارے بھونکنے پر بھی اعتراض ہے۔ اطلاعاً عرض ہے کہ ہم صرف اصولاً بھونکتے ہیں۔ آپ کے یہاں جو مثل مشہور ہے کہ بھونکتے ہوئے کتے کاٹا نہیں کرتے۔ بجا سہی۔ لیکن کون جانتا ہے کہ ایک کاٹتا ہوا کتا کب کاٹنا بند کر دے اور بھونکنا شروع کر دے۔ سیدھی سی بات ہے۔ مثال دے کر سمجھانے کی ضرورت نہیں۔ بھئی جس کو بھونکنا ہوگا وہ بھونکے گا اور کتنا بھونکے گا یہ اس کی قوت بھونک پر منحصر ہے — وہ کتا ہی کیا جو بھونکے نہ — اگر کتا ہوگا تو بھونکے گا ضرور — ہم اکثر چلتے وقت بھونکا کرتے ہیں، مگر یہ ہمارا محض اشغل ہوتا ہے۔ ایسے موقعوں پر اگر ہمارے اوپر اینٹ اور پتھر نہ مارے جائیں تو ہم شاید خود بخود تھک کر خاموش بھی ہو جائیں۔ ورنہ دوسرے حالات میں ہم جھوٹ موٹ کاٹ بھی کھاتے ہیں۔

لیکن ہماری اس بھونک کو دگر مشاعرہ گرم کرنے سے تعبیر (معاف کیجئے گا تعبیر ہمیشہ الٹی ہوا کرتی ہے) کیا جائے تو یہ محض آپ کا خیال ہے، ورنہ اطمینان رکھیئے۔ ہم میں آپ کو شاعر ملیں گے نہ لیڈر — یہ ایک تاریخی حقیقت ہے کہ ہمارا کوئی فرد صاحب دیوان نہیں پایا گیا۔ ہمارے یہ اجتماع دراصل کھیل کود کے ہلکے پھلکے ورزشی مظاہرے ہوتے ہیں۔ مگر یہ بھی ہم نے آپ ہی سے سیکھا ہے۔ ابھی حال میں آپ کے ایک جلسے میں شرکت کرنے اس خیال سے گیا کہ دیکھیں ایسے موقعوں پر آپ لوگ کیا کیا کرتے ہیں۔ پتہ چلا کہ ایسے موقعوں پر آپ لوگ جو دنگل کرتے ہیں اس کو الکشن لڑانا کہتے ہیں۔ الکشن تو کہیں بھی نظر نہیں آیا۔ ہاں اس مارپیٹ کے ہنگامے میں کئی بار پٹتے پٹتے بچا اور وہاں سے اپنی جان بچا کر بھاگا۔

لڑنا بری بات نہیں۔ لڑنے کو آخر ہم بھی لڑا ہی کرتے ہیں۔ مگر لڑنے کے

لیے ہم اپنے سے کمزور کو تلاش کرتے ہیں نہ لڑائی میں شرکت کرنے کے لیے لڑتے ہیں۔ اپنے حریف کو دیکھ کر ہم غرّانے لگتے ہیں۔ ایسے موقعوں پر اگر بجائے ARGUMENT کے پیش کرنے کے وہ دُم دبا کر چلا جائے یا خاموشی سے ڈائیلاگ سننے پر قناعت کرلے تو ہم اس پر حملہ نہیں کرتے۔ لڑنے کے وقت ہم صرف لڑتے ہیں مگر نہ ہم لڑائی ختم کرنے کے لیے لڑتے ہیں نہ سبق سکھلانے کے لیے۔ ہم کو لڑنے کے لیے آپ کی طرح مذہب یا امن کا سہارا بھی نہیں لینا پڑتا، ہمارا سارا غصہ سوڈے کا اُبال ہوتا ہے۔ ذرا دیر کی مہابھارت کے بعد ہمارا دل اور جھگڑا صاف ہو جاتا ہے۔

ہمارے یہ جلسے خالص اصلاحی قسم کے ہوا کرتے ہیں۔ مگر واضح ہو کہ ہم لوگ صرف جلسہ کرتے ہیں چندہ کبھی نہیں کرتے۔

ہمارے راتوں کو جاگنے اور دن کو سونے کے بارے میں جو کچھ مشہور ہے۔ اس کو اسی طرح مشہور رہنے دیا جائے۔ اس کے بارے میں کوئی صفائی ہم کو پیش نہیں کرنا ہے۔ دنیا کی تباہی اور انسانوں کی انسانوں پر عصبیت اور کم ظرفی کے باعث ہمیں دن میں آرام سے جاگنا مشکل ہو جاتا ہے اس لیے ہم نے طے کر لیا ہے کہ جب تک انسان انسان نہ ہو جائے ہم دن کو سویا کریں گے۔ ہم ان کی حرکتوں کو نظرانداز کرنے کے لیے ایسا کرتے ہیں، پھر رات کو جاگ کر ہم اپنے کو قدرے آرام میں محسوس کرتے ہیں، اس وقت ہمارا محبوب مشغلہ تاریک راتوں میں چھپ چھپ کر حرکتیں کرنے والے بزدل انسانوں کی دیکھ بھال کرنا ہوتا ہے، ایسے میں رات گئے اگر کسی کو آوارہ گردی کرتے دیکھ پائیں تو بطور احتجاج ٹوک بھی دیتے ہیں۔

ہماری قوم کی نظر میں کچھ بھی سہی، مگر یہ حقیقت ہے کہ ہمارا کوئی ہم جنس

کبھی رشوت لیتا یا دیتا ہوا نہیں پکڑا گیا۔ رہی مکان جائیداد کی طرف سے ہماری بے نیازی۔ اس کا سبب آپ حضرات کا وہ مشق ستم ہے جو ان مٹی کے گھروندوں کے لیے ایک دوسرے پہ فرمایا کرتے ہیں۔ ہم نے کبھی بھی کوئی مذہب یا روزگار اسی سبب سے نہیں اختیار کیا کہ اس میں ہمیں بوئے فساد آتی ہے، اور وہ تو کہیئے ہم نے مصلحتاً سائنس کی تعلیم پر زور نہیں دیا۔ ورنہ آج بلا تکلف ایٹم بم کی ایجاد ہمارے سر تھوپی جا چکی ہوتی۔

عورتوں کے حقوق آپ ہم سے مستعار لے سکتے ہیں۔ اس بیسویں صدی میں بھی ہمارے یہاں اس قدر مساوات ہے کہ اگر ہم ایک دفعہ اپنی بیگم صاحبہ پہ بھونکنے کا ارادہ بھی کریں، تو وہ ہم کو اس درمیان میں تین چار مرتبہ کاٹ بھی کھائیں یا اس وقت تک لگاتار بھونکتی رہیں جب تک کہ ہم اپنا ارادہ POST-PONE نہ کر دیں۔

ہمارے یہاں ہر چیز کا ایک نام ہوتا ہے اس کے آگے ہم لفظ 'اصلی' کا اضافہ اس وجہ سے نہیں کرتے کہ وہ لفظ بذاتِ خود اصلیت ہوتا ہے۔ اگر آپ ہمارے یہاں جھوٹ، تصنع، بد کرداری، بلیک مارکیٹ کے قسم کی چیز کھانے کے خیال سے بھی ڈھونڈیں۔ تو آپ کو سخت مایوسی ہوگی۔

ہماری قوم سیاست اور لیڈر دونوں کو شک کی نگاہ سے دیکھتی ہے، اور دور دور رہتی ہے۔ ہم نے آپ کی نام نہاد تعلیم پر اپنی جہالت کو عزیز رکھا۔ مگر عزیزداری سے ہمیشہ دور بھاگے۔ دولت اور غربت کے مسئلہ پر اپنی حیثیت خاموش تماشائی کی جانی —— اب آپ ہی انصاف کیجیے کہ جس قوم کے پاس لاٹھی اور بھینس دونوں ہی مفقود ہوں۔ جو قوم شاعر لیڈر اور سیاست دانوں سے یکسر

خالی ہو آپ اس کو خراب کہاں سے کہہ سکتے ہیں۔ جن کے آدرش اتنے بلند ہوں کہ وہ "زندہ رہو اور زندہ رہنے دو" کے لیے دن رات بھونکتے رہتے ہو۔ اس کو آپ انسانوں پر کیوں فوقیت نہیں دے سکتے۔

میرے خیال میں خط بہت طویل ہوا جاتا ہے۔ مگر اس کو ختم کرنے سے قبل آپ کی توجہ ایک بات کی طرف دلا دوں۔ بات تو خواب و خیال کی ہے۔ کہ خواب میں آپ لوگ کتے ہی کتے نظر آتے ہیں۔ اگر ہم میں سے کسی کو جاگتے میں انسان نظر آجائیں تو اس کو پاگل تصور کیا جاتا ہے۔ اور حتی الامکان بچنے کی کوشش کی جاتی ہے۔

امید ہے کہ آپ تھوڑے کو بہت اور خط کو تار سمجھیں گے اور دوسروں کے دامن کو تار تار کرنے کی آئندہ کوشش نہ کریں گے ـــــ معلوم نہیں کہ آپ میرے خیال سے متفق ہوں یا نہیں، لیکن اتنا ضرور چاہوں گا کہ دوران خط و کتابت اگر آپ اختلاف بھی کریں تو علمی انداز سے۔ اس سے مجھے فائدہ ہو گا۔ فقط

آپ کا مخلص

"ایک کتا"

گدھے کا خط کرشن چندر کے نام

رامو واشنگ کمپنی۔ ڈنکی لائنز (کرسی)، بارہ بنکی۔

یکم اپریل سن ستاون عیسوی

حوالہ نمبر۔ س۔ الف۔ ۲/۹۲م/۲۱

کرشن جی ـــــ ڈھینچوں ڈھینچوں ـــ!

شاید مجھ گدھے کو پہچاننے میں آپ کو دقت نہ ہو۔ اطلاعاً عرض ہے کہ میں وہی مشہور و معروف بولنے والا گدھا ہوں جس کی بائی گرافی یا آٹو بائی گرافی آپ نے تصنیف فرمائی ہے۔

کیا عرض کروں جب میرے بزنس پارٹنر برجو ٹیا محل والے سیٹھ برجو ٹیا

یعنی سیٹھ من سکھ لال جی، ان کے ظالم ملازم اور بے وفا حسینہ روپ وتی (جو میری بیوی ہوتے ہوتے رہ گئی) وغیرہ نے متحدہ محاذ بنا کر اچانک ایک شام مجھ پر حملہ کر دیا۔ اور وہ بھی اس معمولی سے انکشاف پر کہ میرے پاس وہ پچیس کروڑ والا ڈیزل ریفائنری؟ کا ٹھیکہ نہیں ہے بلکہ محض اس کے بارے میں میری پنڈت جی سے بات چیت ہوئی تھی، خدا پریس والوں کو اس کا اجر خیر اور سنسنی خیز خبریں دے کہ وہ مجھے عالم بے ہوشی میں لاکر جانوروں کے ہسپتال میں داخل کر گئے، یہاں اینمل سرجن نے فوراً مجھے ایک قسم کی گھاس سنگھائی تب جا کر مجھے ہوش آیا۔ میرا بیان نزاعی لے کر پریس میں ریلیز کر دیا گیا، ڈاکٹر نے دوا علاج کے ساتھ مجھے مکمل آرام کرنے کا مشورہ دیا۔

ہسپتال میں اکثر بیٹھے لیٹے "شمع" حاصل کر لیتا اور جگالی کے علاوہ فرصت کے اوقات میں گھاس کے تنکے توڑنے کے ساتھ ساتھ اپنی سوانح بھی پڑھا کرتا جو ان دنوں شمع میں قسط وار شائع ہو رہی تھی، اکثر موڈ میں آکر اس کو زور سے پڑھتا یہاں ڈاکٹر اور جانور لوگ اسے بڑے شوق سے سنتے، سامعین پر اس بات کا خاص اثر پڑتا کہ ان کے درمیان کوئی معمولی گدھا نہیں ہے۔ مگر دور سے دیکھنے اور سننے والے یہی سمجھتے کہ میں اپنے کارناموں کی راگ مالا نہیں بلکہ آلہا الاپ رہا ہوں۔

یہاں سے ڈسچارج ہونے کے بعد میں اپنے وطن کرسی ضلع بارہ بنکی چلا آیا۔ آپ تو یہ بھی جانتے ہوں گے کہ کرسی شریف کے بیوقوف اور گدھے دنیا بھر میں مشہور ہیں۔ احمقان کرسی جو مجھ ناچیز گدھے سے ملاقات کے مشتاق تھے، اخبار میں میری سرگرمیاں اور کارنامے پڑھتے پڑھتے ان کے کان پک چکے تھے۔ چنانچہ انھوں نے میرا شاندار استقبال کیا، یہاں کے سیاسی لیڈروں نے مجھ سے ایک پبلک اسکول کا سنگ بنیاد رکھوایا اور

جانوروں کی نمائش کا افتتاح کروایا، یہاں کے ایک مشہور سیاسی لیڈر اور قانون داں نے میری دکھ بھری کہانی سننے کے بعد اپنی قانونی خدمات مفت پیش کر دیں۔ یہ حضرت یہاں ٹاؤن ہال کے چیرمین بھی رہ چکے ہیں اور اس امید پر کہ الکشن کے موقع پر کمہار، لہار، دھوبی، موچی، گھسیارے، کبڑیے اور گدھے والوں کے ووٹ کے لیے میں ان کے حق میں ایک تقریر کر دوں۔ اس کے عوض وہ مجھ گدھے کو اپنا باپ تک بنانے پر تیار ہو گئے۔ خطرہ یہ تھا کہ یہ حضرت بھی اپنی دامادی میں لے لیتے۔ مگر میں نے صاف انکار کر دیا۔ "تقریریں جتنی چاہو کر ڈالو۔ مگر کہیں ایسا غضب نہ کرنا ورنہ سیٹھ کی طرح تم پر سے بھی اعتماد اٹھ جائے گا۔ دوسرے یہ کہ میں یہاں سے گھر جانا چاہتا ہوں نہ کہ دوبارہ ہسپتال۔

انھوں نے اس کو بخوشی منظور کر لیا۔ ان کے مشورے سے میں نے رامو دھوبی کی بیوی اور بچوں کو اپنے پاس بلوا لیا۔ یہ لوگ اب تک رجوٹیا محل کے کپڑے دھوتے تھے پھر رامو کی بیوی کی معرفت سیٹھ من سکھ لال کو ایک قانونی نوٹس دیا گیا جس میں مجھ ناچیز گدھے کو حبس بے جا میں رکھنے، جسمانی اذیت پہونچانے کے الزام میں قانونی چارہ جوئی کرنے کی دھمکی دی گئی، مصالحت کی صورت میں مجھے فوراً ہرجانہ ادا کرنے کا مشورہ دیا گیا۔ اس کے علاوہ میری شہرت عام کو جو اس حادثہ سے دھکا پہونچا اس کے لیے ہتک عزت کے دعوے کی دھمکی بھی دی گئی، ساتھ ہی اس نوٹس کی ایک نقل پریس میں اشاعت کے لیے دے دی گئی۔ پریس فوراً حرکت میں آ گیا، سیٹھ نے معاملے کو دبانے کی خاطر پریس اور قانون کے خوف سے اپنے وکیل کی معرفت مجھے پچاس ہزار کا ایک چیک بھجوا کر راضی نامہ لکھوا لیا۔ اس درمیان میں اپنے پرانے مالک دھبو کمہار کے یہاں آ گیا تھا

ڈھبو نے اپنے پرانے دھبرو کو آنکھوں پہ خوش آمدید کہا۔ رہنے کے لیے تھان اور ہری ہری دوب پیش کی تو مجھ گدھے کے کان یہ سوچ کر شرم سے جھک گئے کہ جب ڈھبو میری شہرت کی بو پا کر میرے بوڑھے ماں باپ کے ساتھ مجھ سے ملاقات کرنے پر جو ٹیا محل آیا تھا تب میں نے غرور میں آ کر اپنے آپ کو اس کی ملکیت اور دیسی گدھوں کی اولاد ہونے سے انکار کر دیا تھا اور وہ بھی محض اس نتیجے پر کہ میرا تعلق ان اذلیل ترین اور مکروہ نسل گدھوں سے نہیں، بلکہ جو گدھوں کے بادا آدم کے زمانے سے خالص نسل سے چلے آ رہے ہیں۔ اور جن کی ذات کے خالص گدھے آج بھی آغا خان، لارڈ ماؤنٹ بیٹن اور ونسٹن چرچل کے اصطبل میں باندھے جاتے ہیں۔ اس کے علاوہ دہلی، دوڈ، بمبئی، دنیا کے بڑے بڑے سرکسوں اور کارنیوال میں موجود ہیں گو کہ اس میں شک نہیں کہ کسی کے احمقوں کے درمیان ہماری نسل کے شریف اور نجیب الطرفین ہونے میں کیا شبہ ہو سکتا ہے، البتہ مجھے یہ دامادی والی رسم پسند نہیں یوں تو معاف کیجئے گا آج بھی آپ کے یہاں دامادی کے لیے دیدہ و دانستہ گدھے ہی تلاش کیے جاتے ہیں جو اپنے گدھے پن کی وجہ سے بڑے بڑے عہدے حاصل کرتے ہیں، مگر آپ سے بھی کیا چوری اگر ہمارے یہاں گدھے میں کچھ انسانیت کے آثار بھی پائے جاتے ہیں تو دامادی تو بڑی بات ہے اس کا ہمارے تھان پر گزارا بھی مشکل ہو جائے۔ دو تنکے گھاس دینا تو دور کی بات ہے نہ جانے کیوں آپ کے یہاں مطلب کے وقت ہم گدھوں کو داماد اور شوہر اور باپ تک بنا لیا جاتا ہے، ہم گدھوں کے یہاں اس کا کوئی رواج نہیں۔ یہ بتلایئے آپ کے یہاں ہم گدھوں سے عشق کرنے کا رجحان کیوں اتنا زیادہ ہے۔ اس سے گدھے بہت سخت بور ہوتے ہیں، کیونکہ پھر وہ گھر کے رہتے ہیں نہ گھاٹ کے۔ گدھوں کی نسل پر اس کے جو اثرات پڑ رہے ہیں ان کو کوئی بے وقوف سے

بے وقوف گدھا ہے) اچھا نہیں کہہ سکتا۔

یہ تو کرشن جی آپ خود بھی ذاتی طور پر جانتے ہوں گے کہ کرسی کس قدر پر فضا مقام ہے۔ یہاں کی بہار کا عالم یہ ہے کہ خزاں تک کے موسم میں ہر چیز پر گھاس کا دھوکا ہوتا ہو برسات کی ہری ہری دوب کا کیا کہنا۔ میں نے اس رقم سے جو مجھے اپنی ہڈیاں تڑوانے کے عوض ملی تھی ایک خوشنما قطعۂ گھاس خرید لیا ہے اور اسی سے رامو دھوبی کی بیوی کو ایک شاندار لانڈری کھلوا دی ہے وہ اب زندگی کے دن بڑے آرام سے گزار رہی ہے۔ مالکن کو اب برجو بیا محل کے گن۔ ے اور ناپاک کپڑے نہیں دھونا پڑتے جن کا مقصد ستر پوشی نہیں بلکہ جسموں کی بیہودہ نمائش تھا۔ اس کے بچے اب اسکول میں پڑھتے ہیں۔ میری دعا ہے کہ وہ لکھ پڑھ کر قابل نکلیں بڑے بڑے دھوبیوں اور ذات برادری میں نام کر جائیں۔

میں دن رات گھاس چرتا اور مطالعہ کرتا رہتا ہوں۔ میرے ماں باپ میرے ساتھ ہی رہتے ہیں اور اس فکر میں ہیں کہ جلد ہی کسی سیدھی سادھی گدھی کی لگام میرے گلے میں ڈال دیں۔ سعادت مندی کا بھی یہی تقاضا ہے کہ میں اپنے بوڑھے ماں باپ کا دل رکھ لوں۔ امید ہے کہ اس موقع پر آپ ہمارے برابر کے شریک ہوں گے۔

چند روز ہوئے مجھے آپ کے پبلشر کی جانب سے ایک خوبصورت پیکٹ موصول ہوا۔ اس میں میری سوانح حیات نہایت دیدہ زیب خوشنما اور باتصویر فوٹو آفسٹ پر چھپی ہوئی کتابی شکل میں تھی۔ میری جانب سے اس خر نوازی پر ان کا شکریہ ادا کر دیجئے گا۔ اس میں شبہ نہیں کرشن جی اتنے بڑے اور پہونچے ہوئے ادیب ہوتے ہوئے بھی آپ نے مجھ گدھے کا جس قدر گہرا مطالعہ کیا ہے اس سے پتہ چلتا ہے کہ آپ ہم گدھوں اور ہماری نفسیات

سے کتنا قریب ہیں، اتنا شاید ہم گدھے بھی اپنے آپ سے واقف نہیں ہیں۔ ایک گدھے کی خاطر اس تخلیق پر میری طرف سے بلاکسی تکلف کے مبارکباد قبول فرمائیے، دل تو چاہتا ہو کہ آپ کو گلے لگا کر اپنی پیٹھ پر سوار کرلوں مگر افسوس کہ اس وقت آپ مجھ سے بہت دور ہیں۔

اول اول جب میں نے اپنی خر گزشت دیکھی تو مجھے شبہ ہوا کہ غالباً میری پرائیوٹ لائف کا پبلک اسٹنٹ بنایا گیا ہے۔ مگر اس کو پڑھتے ہی یہ شبہ دور ہو گیا نہ جانے میں اس کو کتنی بار پڑھ اور دوسرے گدھوں کو سنا چکا ہوں۔ اکثر تو اس کے مطالعہ میں ایسا غرق ہوا کہ بسا اوقات گھاس چرنا اور رینکنا بھول گیا۔ سچ پوچھئے تو میرے پاس شکریہ ادا کرنے کے لیے موزوں الفاظ نہیں، آپ نے مجھ ناچیز گدھے کو ایک عقلمند گدھا لکھ کر خواہ مخواہ میں شرمندہ کیا اور کانٹوں میں گھسیٹا۔ ورنہ میں تو ایک معمولی بولنے والا گدھا ہوں، آپ کا سابقہ تو بڑے بڑے بولتے گدھوں سے پڑا ہو گا، میں اس کو پڑھ کر اتنا خوش ہوا کہ دیر تک میری فخر سے دُم اٹھی رہی کہ آج ایک گدھا بھی عقلمند ثابت کیا جاسکتا ہے، بقول پنڈت نہرو کے "انسان کی سائنس کیا نہیں کر سکتی!" اس کتاب کے پڑھنے سے بہتوں کا بھلا ہو گا یا نہیں مگر میرا بھلا ضرور ہو گیا۔ جب سے میں نے اس کتاب کو پڑھا ہے میرا وزن بیس پونڈ بڑھ گیا۔ اور تو اور میں اپنے دکھ درد بھول کر اپنے کو ایک ہنستا گدھا محسوس کرنے لگا۔ جب میں نے اس کتاب کو اتنا پسند کیا تو پھر عام گدھا (کیونکہ عام گدھوں سے میرا انٹلکچول لیول نسبتاً زیادہ ہے) اسے کتنا پسند کرے گا۔ دراصل اس کے لکھنے کے بعد آپ صحیح معنوں میں گدھوں میں بے حد ہر دل عزیز ہو گئے۔ آپ کی اس معرکۃ الآرا تصنیف نے گدھوں کی دنیا میں ہلچل مچادی۔ اس

سلسلے میں میری اور گدھوں سے بھی بات چیت ہوئی ہے۔ گدھوں میں آپ کی بڑھتی ہوئی مقبولیت کو دیکھتے ہوئے مجھ گدھے کا آپ کو دوستانہ مشورہ ہے کہ آپ مناسب سمجھیں تو اگلی کرسی شریف سے الکشن کے لیے کھڑے ہو جائیے، سب گدھے اور گدھے والے نہ صرف آپ کو ووٹ دیں گے بلکہ آپ کا الکشن بھی لڑائیں گے اور کیا عجب ہے کہ آپ اسی بہانے ممبر پارلیمنٹ یا وزیر ہو جائیں۔ ویسے بھی ہم گدھوں کے مسائل پیش کرنے کے لیے ہم کو ایک نمائندے کی ضرورت ہے۔ یہاں کے حالیہ الکشن کے سلسلے میں مجھ گدھے پر بے حد زور ڈالا گیا ہے کہ میں بھی کھڑا ہو جاؤں، مگر میں نے انکساری سے کام لیتے ہوئے ان کی پیش کش کو شکریے کے ساتھ نامنظور کر دیا کہ بھلا میں گدھا کس لائق ہوں۔ آپ کو اس کام کے لیے مجھ سے بہتر گدھے آسانی سے مل جائیں گے۔ مگر الکشن میں کھڑے ہونے کا مشورہ دینے والے عموماً وہی حضرات تھے جو ڈرتے تھے کہ کہیں میں ان کی جگہ یا ان کے مقابلہ پر نہ کھڑا ہو جاؤں۔ مگر اب سکون کی زندگی گزارنا چاہتا ہوں۔ آپ تو جانتے ہی ہیں کہ ہم گدھوں کی زندگی میں سکون کہاں اور کم از کم میرے لیے، ملاقاتیوں کی بھیڑ بھاڑ، کالج کے لڑکوں اور لڑکیوں کی آٹوگراف کے لیے یلغار جو کہ حسب معمول ہر گدھے کی آمد پر ہوتی ہے۔ میرے ساتھ گروپ کھنچانے والوں کا رش، ان سب سے پریشان ہو کر میں نے ملاقات کے اوقات مقرر کر دیے ہیں، مگر افسوس کہ اس پر اتنا بھی عمل نہیں ہو پاتا جتنا لڑکے اپنے اسکول یا پڑھنے کے ٹائم ٹیبل پر کر لیتے ہیں۔

کرشن جی! کیا عرض کروں۔ میری جو ہر طرف اتنی تعریفیں ہوئیں، رہنے کو محل ملا، وزیر اعظم نہرو سے ملاقات کی، پریس کانفرنس کو خطاب اور میونسپلٹی کو ایڈریس کرنے کے علاوہ حسن کے مقابلہ کا جج چنا گیا۔ مجھ گمنام گدھے کی جو اتنی آؤ بھگت ہوئی تو لاکھ

گدھا ہونے کے باوجود میں اپنے آپ کو کچھ سمجھنے لگا اور مجھے دور دور کی سوجھنے لگی۔ اس کو شاید آپ میری گدھا پنی تصور کریں، میرے پڑھنے لکھنے کی واہ واہ ہوئی تو مجھے بھی لکھنے لکھانے کا شوق چرّایا۔ سب سے پہلے میں نے قصیدہ "در مدح خر عیسیٰ" رسالہ بوجھ بجھکڑ کو بھیجا جو اس قدر پسند کیا گیا کہ تقریباً ہر رسالے نے پبلک کو اس کا مفت حافظہ کروایا۔ اس کے بعد جو ایڈیٹروں اور پبلشروں کے خطوط اور تار آنا شروع ہوئے "کچھ ہمیں بھی بھیجے" تو میں نے خوب ہی خوب لکھا، غزلیں، نظمیں، افسانے، ناول، TRASH، فلمی اسٹوریاں جن پر نہ صرف پبلک نے مجھے خراج تحسین پیش کیا بلکہ کرسی بھر میں میرے ڈرامے اسٹیج اور نشر کیے گئے۔ میں نے گدھوں کے تقریباً ہر پرابلم کو اٹھایا، یہاں تک کہ انھوں نے مجھے اپنی انجمن کا صدر بنادیا اور میں ایک سوشل گدھا ہوگیا۔ لکھنے پڑھنے سے میری طبیعت گھبرائی تو میں گھاس چرنے اور ادب کی گھاس کاٹنے پہاڑ چلا گیا جہاں لڑکیاں آٹوگراف حاصل کرنے کے بہانے مجھے گھیرے رہتیں اور میں انھیں خوب خوب فلرٹ کرتا۔ ماحول نے مجھے بہت جلد نشے باز بھی بنا دیا۔ غرض میں نے گدھوں سے دور رہ کر گدھوں کی وہ درگت بنائی کہ توبہ بھلی۔ کسی کو بھی نہیں بخشا، مگر میری سیلانی طبیعت جلد اس طرف سے اچاٹ ہوگئی کیونکہ گدھا زیادہ دیر تک اپنے بھائی سے دور نہیں رہ سکتا۔ تھان پر رہ کر سوچنے کے بے شمار مواقع ہوتے ہیں غور و فکر کے بعد میں اس نتیجے پر پہونچا کہ میں رہا گدھے کا گدھا۔ اور اب تک جو میں نے گھاس کاٹی ہے اس خر نگاری کا ادب سے باوجود نقادوں کی تحسین و آفرین کے دور کا بھی تعلق نہیں۔ اس لیے میں نے دوسرے گدھوں سے اپنے کو ممتاز رکھنے کے لیے اپنے آپ کو اس گورکھ دھندے سے نکال لیا۔

اب اس پر فضا جگہ کا سکون، ہری ہری دوب، ڈھینچوں کی تانیں اور ڈھینچو ڈھینچو کی آوازیں

گھر اور گھاٹ کی جنت میں دوبارہ آگیا ہوں۔

مجھے اس بات کی خوشی ہے کہ انسانوں کے سامنے آپ نے اس حقیقت کو پیش کرکے بڑا کام کیا اور ہم گدھوں پر بڑا احسان کیا کہ ہم گدھے نسلاً بعد نسلاً بھی گدھے ہی رہتے ہیں، چھوت چھات سے ہماری نسلیں محروم ہیں۔ گدھوں کے بابا آدم سے لے کر اگر اب تک ہم کچھ ہیں تو صرف گدھے ہیں، ہم گھاس کھانے، ڈھینچوں کی تانیں اٹھانیں اور دولتیاں جھاڑنے سے زیادہ کچھ بھی نہیں جانتے، ہماری زندگیاں بقول آپ کے ایک کھونٹے سے دوسرے کھونٹے تک گھر سے گھاٹ اور گھاٹ سے گھر تک محدود ہیں۔ موجودہ سائنس، تہذیب، تمدن، اور طبقہ داری سے ہم گدھے عموماً ناآشنا ہیں۔ نہ امن کا نعرہ بلند کرنے کے لیے ہم بم ایجاد کرتے ہیں اور نہ امن قائم رکھنے کے لیے ہم جنگ کرتے ہیں۔ ہم گدھوں کا تشدد اور عدم تشدد ہماری دولتیوں تک محدود ہے۔ کبھی کبھار اگر مضائقہ نہ ہوا، گھاٹ کو دیر ہوتی ہو اور مالک کا اشارہ مل جاتا تو ہم گدھے اپنی سرپٹ چال سے گھوڑوں تک کو شرمندہ کر دیتے ہیں۔

آپ نے انسانوں کو موقع دیا کہ وہ ہم گدھوں کے وجود اور ان کی اہمیت کو محسوس کر رہا ہے۔ اس خیر سگالی کے جذبے کو پیدا کرنے میں آپ کی حیثیت گدھوں میں نہایت اہم ہے۔ یہی وجہ ہے کہ آج دنیا گدھوں کے لیے اور گدھوں کی طرح سوچنے سمجھنے پر مجبور ہوتی جا رہی ہے۔ بھلا انسانوں کو گدھوں کے قریب سے قریب تر لانے میں آپ سے بڑھ کر کس کا ہاتھ ہو سکتا ہے۔

کرشن جی! فرصت کے اوقات میں میں نے نئی نسل کے گدھوں کے لیے ایک ماسٹر پلان تیار کیا ہے۔ اس کی ایک نقل عنقریب آپ کو بھجوانے والا ہوں اس سے آپ کے

یہاں کی نئی پود بہت کچھ سیکھ سکتی ہے۔ جیسا کہ پنڈت جی نے فرمایا تھا "ایک گدھے سے بھی بہت کچھ سکھا جا سکتا ہے" اور آپ کی یہ بات میرے دل کو لگ گئی تھی۔ میں نے طے کر لیا تھا کہ کچھ نہ کچھ ہی نہیں بلکہ ہم گدھے بہت کچھ سکھا سکتے ہیں۔ آپ کو یہ نہ بھولنا چاہیے کہ ہم سے آپ گدھوں کے مسائل بہت ملتے جلتے ہیں۔ مثلاً روٹی کے مقابلہ میں آپ گھاس رکھ سکتے ہیں، تھان کے مقابلہ پہ مکان اور بڑھتی ہوئی بے روزگاری۔ مگر ٹھہریئے میں بھول رہا ہوں۔ آپ کے یہاں گدھا ہمیشہ باروزگار، اور ہمارے یہاں سدا بے روزگار رہتا ہے۔ بہر حال یہ ایسی باتیں ہیں جن پہ ہم آپ کبھی بھی کان جوڑ کر بیٹھ سکتے اور غور کر سکتے ہیں۔

کرشن جی آپ نے اس مشہور و معروف "سرگزشت" میں جس کو میں "خرگزشت" کے نام سے یاد کرتا ہوں، مجھ گدھے پہ خاصی روشنی ڈالی ہے۔ اور یہاں تک بتا دیا کہ ہم گدھوں میں ہندو مسلمان تک کا مسئلہ نہیں پیدا ہوتا، مگر پھر بھی یہ کتنی خراب بات ہے کہ گدھے ہندو اور مسلمان بنائے جاتے ہیں خواہ ان میں لاتعداد گدھے مل جائیں یعنی ایک سے ایک بڑھ کر گدھے۔ خیر چھوڑیئے ان جھگڑوں کو۔

آپ بتائیے آج کل کس جانور پہ لکھ رہے ہیں۔ ہم گدھوں پر بھی نظر رکھیئے گا۔

اچھا اب رخصت — اجازت ہے؟

جواب کا منتظر ———— آپ کا بھائی۔ گدھا

(مسٹر ڈنکی آف بارہ بنکی)

معمارِ اعظم[1] کا خط نئی نسل کے نام

نورِ چشمی نئی پود!

میں سوچ رہا تھا کہ تم کو خط نہ لکھوں، مگر لکھ رہا ہوں، آج کل کرتا کچھ ہوں اور لکھتا کچھ ہوں۔ مگر سوچتا بالکل نہیں، نہیں نہیں، میں غلط کہہ رہا ہوں مجھے یہ نہیں کہنا چاہیے تھا۔ میں بالکل وہی کرتا ہوں جو سوچتا ہوں، مگر میں کچھ بھی کروں تم سے مطلب' آخر تم لوگ کون ہوتے ہو میرا آئیڈیل نکلنے والے۔

ارے لڑکو! تم کو آخر کیا سوجھی کہ 'خطائے بزرگاں گرفتن خطاست' کو بھول کر ہماری آبرو ریزی پہ آمادہ ہو گئے۔ سنا ہے خدانخواستہ دشمن کے کان بہرے اب تم

[1] سے مراد وی آئی پیز V.I.P.S

ہمارے اوپر تنقید کرنے اور ہماری قدر و قیمت کا تعین کرنے کی سوچ رہے ہو۔ کیا تم نہیں جانتے کہ باادب بانصیب اور بے ادب بے نصیب ہوتا ہے۔ میاں ابھی تمہارے کھانے کھیلنے کے دن ہیں یہ سوچ بچار کے چکر میں کہاں پڑ گئے۔ ہم سے اور حساب کتاب بقول شاعر۔ ع خیر چھوڑو۔ شاعر نے شاید اس موقع کے لیے کچھ کہا ہی نہیں۔

جب ہم تمہاری عمر دل کے تھے تو کبھی بھول کر بھی غور و فکر کے پاس نہ پھٹکتے تھے (اور تم ہم کو بھٹکی میں لانا چاہتے ہو) نہ ہم نے کبھی انجام و عاقبت کی خبر لی۔ ہم نے تو بس فارموں کے سانچے گڑھ لیے تھے ان ہی میں جب ضرورت پڑتی ادب ڈھال لیتے تھے۔ جب ہم نے اپنے ادب اور تحریک پر کبھی تنقید نہیں کی، تو آخر تم لڑکوں کو اس کا کہاں سے حق پہونچتا ہے۔ بھئی خدارا مصلحت سے کام لو، آخر ہم نے بھی ہمیشہ مصلحت ہی سے کام لیے تھے اور کتنے پھلے پھولے۔ مگر تم سب عجب ناعاقبت اندیش ہو۔ نہ پارٹی بناتے ہو، نہ کسی کو اٹھاتے ہو نہ سنبھالتے ہو، نہ ڈگراتے ہو۔ آخر کیسے ادیب ہو، آخر کچھ اسمارٹ ہو۔ بھئی ہماری سمجھ میں سوائے اس کے کچھ نہیں آتا کہ تم لوگ پڑھ پڑھ کر اپنے آپ کو خراب کیے لے رہے ہو۔ بہتر تو یہ ہوتا کہ اب تک ہم جو کہتے اور کہتے آئے ہیں وہی تم بھی کرو، اگر کچھ نہ ہوا تب بھی اس تھنگی میں، اور نہ سہی تو تمہاری تاریخی اہمیت تو ہو ہی جائے گی۔ مگر خدارا اپنے آپ کو غور و فکر کے دھندلے میں نہ پھنساؤ، ابھی تو تمہارے کیریر بنانے، منصب حاصل کرنے، خوشامد کرنے (کیونکہ خوشامد ہی سے آمد ہوتی ہے ورنہ آورد کا شکار ہونا پڑتا ہے) اور ریاست لڑانے کے دن ہیں۔ اگر ابھی سے تم نے ہم دی، آئی، پیز کو خفا کر دیا تو اور تو اور شاید ہم تم کو ادب سے بھی عاق کر دیں، ورنہ بھلائی اسی میں ہے کہ جیسے ابھی تک ہماری جلیبیں بھرتے

آئے ہو اسی طرح ہوشیاری، سعادت مندی اور دوراندیشی سے ہی حضوری کیے جاؤ۔ ورنہ سمجھ لو ابھی وقت ہے اگر ہم نے تمھارے خلاف فیصلہ دے دیا تو پھر میں تمھیں کوئی گھاس بھی نہ ڈالے گا اور تمھارا سارا کیریر دھرے کا دھرا رہ جائے گا۔

ورنہ میری مانو تو نظمیں، غزلیں، افسانے، ڈرامے میرے یا اپنے دوستوں سے انتخاب کرڈالو۔ دیباچے اور حاشیے ہم لکھ دیں گے۔ اگر کوئی تخلیق یا مجموعہ چھپوانا ہو تو ہمارے پاس آؤ۔ مگر اس طرح اکڑ کے نہیں بلکہ جیسے ہم چاہیں ویسے، تعارف تمھیں گے۔ اڈیٹر یا پبلشر کو تعارفی خطوط لکھ دیں گے۔ مگر ساتھ ہی یہ نہ بھولنا کہ تالی دونوں ہاتھوں سے بجتی ہے۔

یہ نہ بھولو کہ ہم نے ہمیشہ حکومت کی ہے۔ ہماری نظر بڑی وسیع تھی۔ اسی لیے ہم نے محلوں میں رہ کر بھی جھونپڑوں کے خواب دیکھ لیے تھے۔ ہم نے پلاؤ کھا کر بھی بھوک کی لذت کو محسوس کرلیا تھا۔ ہم نے غیرجانبدار رہ کر بھی اپنوں کو منوالیا تھا۔ حکومت کرنا ہمارا پیدائشی حق ہے۔ کوئی ہم کو ہمارے اس حق سے محروم نہیں کرسکتا۔ مانا کہ اب ہماری مصروفیات کچھ اور ہیں۔ مگر اس سے کیا ہوتا ہے۔ بھئی یہ دنیا اب کچھ عجیب سی ایکسنٹرک ہوگئی ہے۔ نہ جانے اب اس کی پسند اور ناپسند کا معیار کیا رہ گیا ہے۔ ہر وقت خواہ مخواہ عمل عمل چلاتی ہے۔ عمل سے ہم نے کب انکار کیا تھا۔ اس کی اہمیت سے ہم ہمیشہ دوسروں کو آگاہ کرتے رہے۔ مگر سنا ہے تم لوگ عمل سے مراد اب "عملاً" سے لینے لگے ہو۔ بھئی کیا احمق ہو۔ بھلا آج کل کیا ہوسکتا ہے۔ یہ تو جمود کا زمانہ ہے۔ آخر لکھیں بھی تو کیا؟ سب کچھ تو کہا جاچکا ہے اب اسی کو چاہیے تم دوہرا دو یا ہم۔ مگر اس لوٹا پھیری سے فائدہ؟ سچ تو یہ ہے کہ اب سوائے تقریر کرنے اور پنچ بننے یا صدارت

کرنے کے کسی چیز میں لطف بھی نہیں آتا۔ مصروفیا رہیں مہلت ہی نہیں دیتیں، کبھی ادبی دورے کبھی ادبی معرکے، کبھی خیرسگالی وفد میں ادب کی نمائندگی کرنے کے لیے کالے کوسوں چلے جارہے ہیں۔ غرض ایک مصیبت رہتی ہے اوپر سے انعام کے طور پر ناکردہ گناہوں کے الزام تم ہمارے سر تھوپتے ہو۔ مانا کہ ان غلطیوں کی عمر تمہاری عمروں سے کہیں زیادہ ہے، مگر پھر بھی قصور تمہارا ہے، ہم بالکل معصوم ہیں۔ تمھیں حق نہیں کہ ہمارے اوپر الزام لگاؤ۔

اپنے زمانے میں اور اب بھی ہمارے یہاں ایک وضعداری اور شرافت ہے۔ ہم جس سے بھی خوش ہوئے جس نے ہم کو آرام پہونچایا اور ہماری ذرا بھی خدمت کی ہم نے اس کو اونچا کیا اور اتنا اونچا کیا کہ بانس پر چڑھا دیا، کیوں نہ کریں جو ہماری خدمت کرے گا وہ عظمت پائے گا۔

تم لوگوں کو سوائے رونے دھونے اور قلم گھسنے کے اور بھی آتا ہے۔ تم میں نہ کل ہو نہ بل نہ چھل، رسالہ نکالنے کا گر تم نہیں جانتے۔ اڈیٹر، اور پبلشر کو قابو میں تم نہ لاسکو، قاری کو تم مرعوب نہ کرسکو۔ وہ تو ہم ہی تھے کہ اڈیٹر کو ایسا سدھا لیتے تھے کہ وہ سوائے ہمارے ناموں کے اور کچھ پہچانتے ہی نہ تھے۔ جس کی طرف اگر ہم نے اشارہ بھی کر دیا، جھٹ اس نے بڑھ کر ادارتی خلعت اور بڑائی کا لائسنس نذر کر دیا۔ ایسے ایسے جہازی قلم کے جناتی رسالے نکلوا دیئے کہ دیکھنے والے بھی چکر میں پڑ گئے کہ جب اتنا کچھ ہے تو آخر اس میں کچھ تو ہوگا۔ مجال تھی کہ ہماری شان کے خلاف کوئی منھ سے ایک لفظ بھی نکال سکے، باغی کو فوراً گھیر کر مار لیتے تھے۔ تم لوگ عجب سر پھرے ہو نہ مصاحب کی پرواہ کرتے ہو نہ نفع اور شہرت کی۔

خیر ہم کو تو جو کچھ لکھنا تھا لکھ گئے اور امر ہو گئے۔ سنا ہے اب تم لوگ بھی لکھتے

ہو۔ مگر تم لوگ کیا لکھا کر لکھو گے، نہیں نہیں تم لوگ لکھ ہی نہیں سکتے۔ آخر لکھ ہی کیسے سکتے ہو۔ نہ تم لوگوں میں ادیبوں کی طرح اچھلنے کودنے اور اپنے کو منوانے کے گر ہیں نہ وہ شطرنجی چالیں۔ اسی لیے لکھنا لکھانا تمھارے لیے بیکار ہے، تمھارے لیے جو کچھ لکھیں گے وہ ہم لکھیں گے جو کچھ کہیں گے وہ ہم کہیں گے۔ تم لوگ خود نہ کچھ لکھو اور نہ کچھ کہو۔

تم کو شکایت ہے کہ ہم ناموں کی فہرست گنوادیتے ہیں مگر جو لوگ ہمارے ہی خواہ ہیں، مصاحب اور خدمت گزار اُن کے نام آخر ہم کیسے نہ لیں۔ ہم تو اپنی طبیعت کے بادشاہ ہیں۔ چاہیں تو نئے کے ساتھ پرانے اور پرانے کے ساتھ نئے نام گنوادیں۔ آخر تم کو ہمارے گنتی گننے سے کیوں اتنی چڑ ہے۔

تم ہم کو چند گنے چنے اور کٹر بتلاتے ہو۔ لیکن ان چند سے بچ کر نہیں جاسکتے یہ چند ہی سب کچھ ہیں۔ یہ تمھاری ہر بات کا اینٹ اور پتھر سے جواب دیں گے اگر تم نے کبھی منھ کھولا، اُف کیا، نخرے دکھائے تو ہم سب مل کر تمھارے اوپر حملہ کردیں گے۔

ہم کو یہ جواب تم کو نہیں دینا چاہیے تھا۔ مگر دے رہے ہیں۔ تاکہ اب بھی تمھاری آنکھیں کھل جائیں اور تم ہم پر تنقید کا حربہ کرنے اور ہماری اقدار وقیمت کا تعین کرنے سے باز آجاؤ۔

دعاگو، وی آئی پیز
"معمارِ اعظم"

پڑھے لکھوں کے خطوط محمد فاضل کے نام

جاناپیک، نینی تال
یکم ستمبر ۶۱ء

از جناب پروفیسر وہمی شکارپوری
میٹرک، ایف۔ اے۔ بی۔ اے۔ ڈی۔ ڈی ٹی

محترمی محمد فاضل صاحب! آداب تسلیمات۔ سلام علیکم

آپ کے لیے "قہر الٰہی" بھیج رہا ہوں ؎
گر قبول افتد زہے عز و شرف

واضح ہو کہ یہ ایک المیہ فیچر ہے جو میں نے آپ کے پرچہ کے لیے خون پسینہ ایک کر کے لکھا ہے۔ اس میں فانی دنیا کی فضا سے بڑھتی ہوئی بیزاری پر ایک مقبول عام تبصرہ و تنقید آپ ایک ساتھ پائیں گے۔ یہ دنیائے ادب میں ایک نیا تجربہ و اضافہ ہے جس کو شائع کر کے آپ نہ صرف ثواب دارین کے حقدار ہوں گے بلکہ آپ اپنے

رسالہ کے ذریعہ جو شعر و ادب کی بے تکان خدمت کر رہے ہیں اس کی رفتار کچھ اور بڑھ جائے گی۔

ایمان کی بات تو بھائی فاضل یہ ہے کہ اگر اس وقت کوئی شخص ادب کی خدمت کر رہا ہے تو وہ آپ اور صرف آپ ہیں۔ اس سلسلہ میں بخدا حلف اٹھا سکتا ہوں کہ دوسرے لوگ یا تو گھاس کھود رہے ہیں اور یا آپ کے سامنے پانی بھرنے میں مصروف ہیں۔

فاضل بھائی سنجیدگی سے عرض ہے کہ اگر اتنا مکھن لگانے کے بعد بھی آپ نے "قہر الٰہی" کو ردی کی ٹوکری میں ڈال دیا تو مجھے اور میرے دوستوں کو بے حد افسوس ہوگا۔

باقی سب حالات لائق شکر ہیں۔ امید ہے کار لائقہ سے یاد فرمائیے گا۔ رسید، رائے اور خیریت کا انتظار ہے، بھابھی کو آداب اور بچوں کو پیار۔

آداب گزار۔ دھنی شکار پوری

کرسی ضلع بارہ بنکی
۲۱ر اگست سنہ ۶۱ء

از پیرو نغیر کرمی پاسی
ایم اے پی ایچ ڈی۔ بی ٹی (ملیگ)

فاضل بھائی۔ آداب

آپ سے زبردستی رخصت ہو کر ابھی ابھی گھر واپس پہنچا ہوں۔ رخصت ہوتے وقت میرے مزید قیام کے لیے آپ کا اصرار مجھے ہمیشہ یاد رہے گا۔ کیونکہ کھینچا تانی میں میری اکلوتی شیروانی پیچھے سے اور بغلوں میں سے نکل گئی۔

آپ کے خط کے لیے پلاٹ میں نے آپ کے حسب ہدایت راستے ہی میں تیار کر لیا تھا۔

آپ نے دعوت میں جو مچھلی کھلائی تھی اس کی ڈکاریں مجھے ابھی تک آرہی ہیں۔ اور اگلے ماہ کی تنخواہ ملنے تک آتی رہیں گی کیونکہ اس ماہ کی تو پوری تنخواہ آپ کے گھر کی دعوت میں لگ گئی۔ میں وہ وقت نہیں بھول سکتا جب آپ نے اپنے سامنے سے دال کی پلیٹ اٹھا کر بڑے خلوص سے میرے آگے بڑھادی تھی اور خود محض پلاؤ کی پونے دو قابوں پر قناعت کرلی تھی۔ اللہ اللہ وہ بھی کیا دعوت شیراز تھی۔ دوران طعام میں نے جب ادب کے جدید رجحانات پر بحث چھیڑنا چاہی تو آپ کس شان سے آنکھیں بند کیے منہ کھولے نوالے بازی میں مصروف تھے۔ میری سادگی ملاحظہ فرمائیے جس کو میں آپ کے آنکھ بند کرکے کھانے کی ادا سمجھ کر دل ہی دل میں باغ باغ ہورہا تھا وہ محض آپ کے پسندیدہ خراٹے تھے۔ کسی شاعر نے کیا خوب کہا ہے ؎

اور میں نے اس کے خراٹے سنے

ارے ہاں کہیں میں بھول نہ جاؤں، بطور تبرک صرف پانچ غزلیں بھیج رہا ہوں اگر ان میں سے ایک بھی پسند آگئی تو میں اسے اپنی قریب ترین کامیابی سمجھوں گا۔ شعر وادب کی خدمتیں آپ اور آپ کا پرچہ جس رفتار سے کررہے ہیں ان کو دیکھتے ہوئے دل چاہتا ہے لکھ دوں کہ آپ کا رسالہ ایشیا کا عظیم ترین رسالہ ہو جس میں اپنی غزلیں بڑی پابندی سے ہر مہینے کی پہلی تاریخ کو چھپی ہوئی پاتا ہوں۔ بھابھی کو بے پناہ پیار۔ ٹن ٹن اور بے بی کو دعائیں۔

آپ کا رفیق کار

کرمی پاسی کرسوی

قصور۔ مغربی پنجاب
، راگست ۵۹ء

از جناب مرید جگوری
ادیب ماہر

بھائی محمد فاضل۔ خلوص

ماشاء اللہ۔ آپ کا رسالہ فوج کے رسالہ کی طرح بڑی مستعدی سے دائیں بائیں آگے پیچھے بڑھ رہا ہے۔

ماہ حال کے رسالہ کے ایک ورق کا کچھ حصہ ابھی ابھی میری نظر سے گزرا۔ میری بچی دو آنے کی پسی ہوئی مرچیں بازار سے لائی تھی۔ اس ورق کو پڑیا باندھنے کے لیے استعمال کیا گیا تھا۔ اس ورق پر دونوں طرف جو اشتہارات دیئے ہوئے ہیں وہ مجھے بے حد پسند آئے۔ اردو ادب میں آج تک کوئی رسالہ ایسا نہیں پیدا ہو سکا جو اتنے اچھے اشتہارات دے سکے۔ اور خاص طور پر آپ کا وہ اشتہار جو اس غزل کے برابر دیا ہوا ہے جس کا ایک شعر یہ ہے۔

میری راتوں کی اڑ گئیں نیندیں
آپ دن میں بھی سوتے رہتے ہیں

اس دوا کے بنانے والے کا نام اور پتہ پھٹ گیا ہے براہ کرم آپ اس کا نام اور پتہ بہت جلد بھیج دیں۔ میری آنے والی نسلوں پر آپ کا احسان ہوگا۔

آپ کے رسالے کے آئندہ شمارے کے اداریئے کے لیے نوک جھونک لکھ کر بھیج رہا ہوں۔ اگلے دو ماہ تک میں مصروف رہوں گا اس لیے دو ماہ کی نوک جھونک کے لیے کسی اور سے لکھوانے کا انتظام کر لیجئے۔ مگر خیال رہے کہ انداز بیان میں فرق نہ آ جائے میرا دعویٰ ہے کہ آپ جس دن بھی دنیا سے اٹھ گئے اردو ادب سے یہ نوک جھونک

بالکل ختم ہو جائے گی۔

بھابی کو پیار۔ بچوں کو آداب۔

نیازمند۔ مرید حکّوری

ٹیلزنگ آباد
۱۰ اگست ۱۹۵۹ء

از جناب کلن "ماشٹر"
ادیب ماہر

محترم!

امید ہے فراک اور جمپر بچوں کو پسند آئے ہوں گے۔ بھابھی کے کپڑے ابھی رفو نہیں ہو سکے۔

آپ نے گڈّو اور بٹّو کے بارے میں دریافت کیا تھا۔ گڈّو نے پڑھنا لکھنا ترک کر کے پھر سے گلّی ڈنڈا کھیلنا شروع کر دیا اور بٹّو کی ماں نے مار مار کر اس سے افسانے لکھنے چھڑوا دیئے ہیں۔ کیونکہ اس نے خطوط بغرض اشاعت لکھنے کے بہانے آپ کے علاوہ نہ جانے کس کس کے لیے اور بھی خطوط لکھنے شروع کر دیے تھے۔

حسب الحکم تکلفتہ چار افسانے بھیج رہا ہوں ان میں سے دو گڈّو اور بٹّو کے نام سے اور ایک ایک میرے اور آپ کے نام سے۔

بھابی اور بچوں کی خیر سلّا کا طالب۔

آپ کا بھائی
کلن ماشٹر

خیرآباد
۲۳ راگست ۱۹۵۹ء

از جناب داماد خسرآبادی
بی اے۔ ایم اے

محترم فاضل بھائی

"ایک احمق" بھیج رہا ہوں امید ہے اسے دیکھ کر آپ خوش ہوں گے۔ آپ کی داستانِ غم پڑھی اور معاوضہ وصول کیا۔ حیرت ہے کہ آپ جیسا بیحس آدمی بھی الجھنوں میں مبتلا ہوسکتا ہے۔ رسالہ کے ساتھ ساتھ دواؤں کا کاروبار بھی ہر قیمت پر جاری رکھئے ورنہ نامرادوں کو راہ کیسے ملے گی، بوڑھے جوان کیسے ہوں گے؟ نابینا بینا کیسے ہوں گے اور پھر جب یہ سب نہ ہوگا تو پڑھے لکھے گا کون؟ واقعی مہربان آپ سچ فرماتے ہیں، مختلف ناموں سے اتنے بہت سے دھندے کرنا اور مشکلات سے لڑنا کوئی آپ سے سیکھے۔

بھابھی اور بچوں کو آداب

آپ کا داماد

گوپامئو
۲۴ راگست ۱۹۵۹ء

از جناب بنجمہ گوپاموی
مڈل (گولڈ میڈلسٹ)

بھائی فاضل۔ سلام

آپ کی فرمائش ملی۔ افسانہ لکھنا سخت مشکل تھا اور بیہودہ ہونا اس سے بھی مشکل پر آپ کے خلوص کا مارا ہوا ہوں۔ تعجب ہے آپ نے میرے پچھلے اٹھاسہ شاہکار افسانوں میں سے ایک کو بھی لائقِ اشاعت نہ سمجھا۔ اس کی شکایت نہیں کہ آپ نے وہ افسانے نہیں پڑھے۔ دراصل افسانوں کا پڑھا جانا ضروری نہیں تھا۔ مگر آپ آپ نے شاید میرے

لکھے ہوئے "خطوط بغرض اشاعت" غور سے نہیں پڑھے جن پہ بے حد محنت صرف کی گئی تھی۔ بہر بھائی فاضل اب تو میں آپ کی دعا سے سند یافتہ بھی ہوں کیا آپ نے "بنجر گویاموی مڈل۔ (گولڈ میڈلسٹ)" نہیں دیکھا وہ تو کافی نمایاں لکھا گیا تھا۔

ادب کی جو خدمت آپ کر رہے ہیں وہ یہاں تو کوئی نہیں کر سکتا، ہاں امریکہ میں ایک آدھ صاحب کر رہے ہیں۔

بھابی کو آداب۔ بچوں کو پیار۔

خلوص کار

بنجر گویاموی

---

۱۲ فٹ پاتھ۔ مفلس مارکیٹ۔ روزہ آباد — از جناب رمضانی خاں

۲۱، اگست ۱۹۵۹ء — بی۔ اے

فاضل چچا، آداب

"تازہ ترین نظم حاضر ہے۔ پچھلی نظم کی بے پناہ کامیابی پر مبارکباد کا شکریہ۔ مجھے پچھلی نظم بھیجنے کے بعد خیال آیا کہ اس کے دو مصرعے بحر سے خارج ہوگئے ہیں۔ مگر میں آپ کو اطلاع دینا بھول گیا۔ شائع ہونے پر تین اور مصرعے کاتب نے بے بحر کر دیئے مگر خیر۔ عوام اور آپ نے پسند کر لیا یہ اس کی صحت کی سند ہے۔

پرچہ مسلسل مل جاتا ہے اور چلا آرہا ہے۔

بھابی کو دعائیں، چُنّی منی کو پیار

آپ کا رمضانی

بشارت گنج بریلی۔ دماغی ہسپتال
۲۵ اگست ۱۹۵۹ء

از جناب دلدار الفت آباد
ایف۔ اے

فاضل صاحب۔

"ایک چور ایک اُچکا" کی کامیابی کے بعد اب "دو رہزن دو ڈاکو" قبول فرمائیے معاف کیجئے گا۔ "ایک چور ایک اُچکا" اس سے قبل میں نے اپنے اصلی نام سے بھیجا تھا۔ اس وقت اس کا عنوان "ایک اور چور ایک اور اُچکا" تھا جس کو آپ نے شائع کرنے سے معذوری ظاہر کی تھی کہ وہ آپ کے معیار پر پورا نہ اترتا تھا۔ بعد میں میں نے یہی افسانہ مس دلدار بی۔ اے کے نام سے بھیجا تو نہ صرف آپ نے شکریہ کے ساتھ شائع کیا بلکہ وہ پبلک میں بے حد مقبول ہوا۔

موجودہ افسانہ اپنے نام سے بھیجنے کی جرأت کر رہا ہوں۔ اگر آپ کے معیار پر پورا نہ اُترے تو واپس نہ کیجئے گا بلکہ مس دلدار بی اے کے نام سے شائع کر دیجئے گا۔ خاصا معیاری ثابت ہوگا۔

مزید لکھیے کہ میں کب تک اپنے اصلی مردانے نام سے افسانے بھیجنا شروع کر دوں۔ اگر خط پسند نہ آئے تو فوراً تحریر کیجئے گا۔ اس سے زیادہ تعریف کا خط فوراً آپ کو بھیج دوں گا۔ بھابی اور بچوں کی خیریت سے نوازئیے۔

آپ کا دلدار

منشی نگر
۲۹ اگست ۵۹ء

از جناب منشی نرائن
بی اے

محترمی فاضل صاحب ۔ آداب

بڑی حیرت ہے کہ آپ کو خط پسند آگیا۔ مگر افسانہ نہیں پسند آیا۔ اتنی جلدی ممکن نہیں کہ دوسرا افسانہ لکھ سکوں۔ مجھے آپ کی شرط منظور ہے۔ اس بار آپ خط چھاپ دیجئے۔ اگلی بار افسانہ۔

آئندہ افسانہ کے ساتھ خط بھیجوں یا تصویر؟ میری جانب سے پوری آزادی ہے آپ جو چاہیں خط میں اضافہ کر سکتے ہیں۔ اگلا افسانہ بھی کسی لڑکی کے نام سے ہو یا اپنے نام سے ہی بھیجوں۔ یوں مجھے کوئی خاص جلدی نہیں۔

بھابی کو آداب

آپ کا فرشی

ٹائم ٹیبل

جب اسکول کھل گئے۔ پڑھائی شروع ہوگئی اور سبق یاد کرنے کا زمانہ آیا تو رفتہ رفتہ ہم نے بھی طے کیا کہ اب تھوڑا بہت پڑھنے لکھنے کا پروگرام بنا لیا جائے۔ پروگرام سے میرا مطلب ہر سال یہ ہوا کرتا ہے کہ ایک ایسا نظام حیات جو عملی جدوجہد کا ایک ایسا زندۂ جاوید نمونہ ہو جس سے طالب علموں کی آنے والی نسلیں ابدالآباد تک فیض یاب ہوتی رہیں اور جس میں اگر مناسب حد تک تبدیلیاں گوارا کرلی جائیں تو وہ ہر قسم کے پیشہ ور اور پرائیوٹ حضرات و خواتین کے لیے قابل قبول ہوسکے جو عملی زندگی میں قدم قدم پر ٹھوکریں کھاتے رہنے کے باعث کچھ اس قسم کی کتابیں۔ "زندہ رہو اور زندہ رہنے دو"۔ "کامیابی آپ کے قدم چومنے کے لیے بے قرار ہے"۔ معرفت چھنگا مل بکسیلرز اینڈ پبلشرز اینڈ پبلشرز۔ "مایوس ہونے کی ضرورت نہیں"۔ "رہنمائے سوداگر با تصویر"۔ "مکمل مرغی خانہ"

"رضیہ کا شاہی دستر خوان" "کرامات اُلّو حرف کالا جادو یعنی ساجن موہنی" پڑھنے کے عادی سے ہو جاتے ہیں اور خالی وقت میں دریا میں چھلانگ لگانے اور خودکشی کرنے کے تازہ ترین طریقوں پر غور کرتے رہتے ہیں۔

اس پروگرام میں اتنی رعایت ضرور کی جاتی ہے کہ یہ پچھلے سال سے ذرا مختلف ہو ورنہ یہ بالکل اسکولی ہی کرنہ رہ جائے۔ "اسکولی" سے میری مراد میرے اپنے اسکول سے ہے جہاں بیس سال سے وہی پرانا چپراسی گھنٹہ بجاتا ہے جس کی گھڑی کی سوئیاں نقلی ہیں اور وہ دن دہاڑے اونگھتا رہتا ہے، اسی سبب اکثر گھنٹہ بھی اونگھ جاتا ہے اور اس کے چونکنے پر کبھی گھنٹہ وقت سے پیشتر اور کبھی بعد میں بجتا ہے جس سے اسکول کا سارا نظام اوقات درہم برہم ہو جاتا ہے۔ اگر لڑکے یا اساتذہ کرام اونگھ جائیں تو کسی کا کچھ نہ جائے گا۔ مگر اس کے اونگھنے سے تو پورا اسکول اونگھ جاتا ہے۔ گھنٹہ تو اسکول کے سب سے ذمہ دار فرد کو بجانا چاہیے جو اسکول کے اعمال و افعال کا جوابدہ ہو، اور وہ فرد واحد سوائے ہیڈ ماسٹر کے اور کون ہو سکتا ہے۔ ثانوی اور اعلیٰ تعلیم کے مدارج پر یہ خوشگوار فرض پرنسپل صاحب، ہیڈ آف دی ڈپارٹمنٹس یا وائس چانسلر حضرات ہی بخوبی انجام دے سکتے ہیں۔ اس سے ہونے والے بے شمار فائدوں کے علاوہ ایک فائدہ یہ بھی ہو سکتا ہے کہ ہم اس طرح ایک چپراسی کی تنخواہ بچالیں گے جس کو آج کل فیشن کی اصطلاح میں "چھوٹی بچت" کے نام سے یاد کیا جا سکتا ہو۔ اور شہرت کا باعث ہو سکتا ہے۔ "اسکولی" میں وہ تمام چیزیں آجاتی ہیں جن کا یادداشت سے براہ راست تعلق ہوا کرتا ہے۔ مثلاً جہاں تک ہم کو اور ہمارے دوستوں کو یاد پڑتا ہے ہمارے اسکول کے شمال میں جو ایک تنگ و تاریک کمرہ ہے جس کے

سامنے "بابا" لگا ہوا ہے اور انٹرول میں وہاں دو چار خوانچے والے بھی اپنا سودا فروخت کرنے کے شوق میں جمع ہو جاتے ہیں اور کثرت سے شور ہوتا ہے۔ اس شور کے سر پر وہ کمرہ ہے جسے عرف عام میں "اردو کلاس" کے نام سے یاد کیا جاتا ہے۔ اس کی پہچان وہ واحد مولوی صاحب ہیں جو صبح سے آکر پڑھانا، اونگھنا اور لڑکوں کو سزائیں دینا شروع کر دیتے ہیں۔ اسی گوشے پر ہماری یادداشت کی تہمت ہے کہ یہاں پر ہمارے بچپن سے اردو پڑھائی جا رہی ہے، مگر مسلسل دیکھنے کے بعد بھی آج تک فیصلہ نہ کر سکے کہ کون پڑھا رہا ہے اور کون پڑھ رہا ہے۔ تقریباً اسی قسم کی مثالیں ہمیں دوسرے گوشوں سے دوسرے مضامین کے بارے میں آسانی سے مل جاتی ہیں، مگر اس پر کچھ کہہ اس وجہ سے نہیں سکتے کہ اسی اسکول نے بڑے بڑے نامور پیدا کیے اور پیدا کیے چلا جا رہا ہے۔

میرا یہ خود کاشتہ پروگرام ایک باضابطہ ٹائم ٹیبل کی صورت بھی اختیار کر سکتا ہے اور اس ٹائم ٹیبل سے مختلف ہو سکتا ہے جو عموماً اسکول والے زبردستی طلباء کے اوپر لاد دیا کرتے ہیں۔ اسکول والوں کی عادت ہوتی ہے کہ وہ نہایت انسان کامل قسم کا ٹائم ٹیبل پیش کر کے کچھ فاصلے سے بیٹھ جاتے ہیں۔ اس کا نتیجہ یہ ہوتا ہے کہ جو وقت مقرر کر دیا گیا ہو اس کے آس پاس گھنٹہ ضرور بجے گا، اندازے سے تھوڑی دیر سویر میں لڑکے ضرور آئیں گے۔ اگر ماسٹر صاحبان غیر ارادی طور پر آ گئے ہیں تو وقت گزاری کے طور پر ادھر ادھر کے بے ربط سوالات، سیاسیات حاضرہ پر تبصرے، موسم پر رننگ کمنٹری، ہیڈ ماسٹر صاحب وغیرہ کے اعمال و افعال پر بہت سخت نکتہ چینی کے ساتھ ساتھ (جو اگر ہم لوگ کریں تو ضرور حرام خور کہلائیں) بار بار بے اختیار اپنے معصوم ہونے کا یقین دلانے کی ناکام کوشش کریں گے۔ ایسے موقعوں پر تجربہ ہے کہ اگر تھوڑا بہت شور ہو جائے تو جب ان

مضائقہ نہیں۔ اس قسم کی "لٹریری" کارروائیوں میں اگر تھوڑی سی تبدیلی محسوس بھی ہوتی ہو تو وہ فن کے اعتبار سے ورنہ تکنیک تو بالکل وہی رہتی ہے، مثلاً بڑی جماعتوں میں غیبت کہنے والے کے منہ سے جماعت کے اندر خاص طور پر اور جماعت کے باہر عام طور پر منطق، استدلال، ہیئت، نثر، شعور، لاشعور اور بے شعور وغیرہ بہم اصطلاحیں سنائی دیتی ہیں۔ اور عام طور سے اس کا اثر سننے والے امتحانوں پر بہ حیثیت مجموعی بہت برا پڑتا ہے۔

یہ تو عمل ہوا اور اس کا ردعمل یہ ہوتا ہے کہ اگر ہم اس پر عمل بھی کرنا چاہیں تو کبھی لڑکے غائب اور کبھی استاد، انتہا یہ کہ اس عمل میں سارا سال گزر جاتا ہے۔ یہاں تک کہ دوبارہ اسی ٹائم ٹیبل کو نئے کاغذ پر ٹائپ کر کے نوٹس بورڈ پر آویزاں کر دیا جاتا ہے تاکہ نئے داخلہ والے بھی پچھلی بہاروں سے مفت فیض یاب ہو سکیں۔

اس قسم کے ٹائم ٹیبل سے ہم کیوں علاقہ رکھیں جس میں صبح سے شام تک ایک ہی استاد، ایک ہی لڑکے اور ایک ہی قسم کے کمرے ہونے کے سبب ہم فلم کی اصطلاح میں نئے چہروں کو بالکل ترس جاتے ہیں۔ استاد لڑکوں کی نقل و حرکت سے نالاں، لڑکے استاد کی صورت سے بیزار، مگر دونوں ایک دوسرے سے رحم کے طالب، ایک دوسرے کے فعل پر رحم آ رہا ہو مگر فعل جاری ہے۔ کیونکہ ٹائم ٹیبل بتاتا ہے کہ اگر سورج نکلنے سے پہلے بھیج دیئے گئے ہو تو اب کم سے کم چراغ جلے تو گھر لوٹو۔ یہ ٹائم ٹیبل کچھ اس قسم کا ہوتا ہے جیسے کہ عام طور پر ٹائم ٹیبل ہوا کرتے ہیں۔ مثلاً ریلوے کا ٹائم ٹیبل جسے خریدنے کے بعد آج تک سمجھ میں نہ آیا کہ اس کا مصرف کیا ہو۔ جس کی وجہ سے ہم نے ان لوگوں کو اکثر رشک و حسد کی نگاہ سے بھی دیکھا جو اس کو سونگھ کر سارے دن کی آنے اور جانے والی تمام گاڑیوں کا نقشہ

زبانی کھینچ دیتے ہیں۔ اس قسم کے ٹائم ٹیبل پر پورے عمل کے سبب کچھ ہو سکتا ہے۔ اور عمل اس وجہ سے نہیں کہ یہ عمل سفلی کے مترادف سمجھا گیا ہے جب یہ ناکامی کی صورت میں عامل خود اس کا شکار ہو جاتا ہے اس لیے نقل سے عمل کی نوبت آنے ہی نہیں پاتی۔

ہاں تو ایک تو جو یہ ٹائم ٹیبل جس کو ہم زیادہ سے زیادہ دیکھتے دیکھتے کسی نہ کسی دن پنسل سے نوٹ کر لیتے ہیں یا پھر کسی لڑکے سے نقل مل جاتی ہے۔ مگر اس نقشے سے عمل کا کچھ کردار نہیں ابھر پاتا۔ یعنی اس کے بعد بھی جس دن جماعت میں سب کے سامنے ڈانٹ پڑنے سے ہم کو اپنی بے قاعدگی کا احساس ہو جانے کہ ہم غلطی سے حساب کے بجائے جغرافیہ کے کلاس میں اپنے کو پا رہے ہیں یا میں سکنڈ ایریا میں اور اٹھائے فرسٹ ایریا میں جا بیٹھے ہیں یا خالی گھنٹے میں تواریخ کے کلاس لگنے کا شدت سے انتظار کر رہے ہیں۔ اور تواریخ کے گھنٹے کو خالی سمجھ کر گھر کھانا کھانے چلے جا رہے ہیں۔ ایسے موقعوں پر اگر ہنسی اڑ جائے سب کو ہنستا دیکھ کر ہم بھی ہنس دیں تو اس کا مطلب یہ ہوگا کہ آج پھر گھر جا کر ہم کو ٹائم ٹیبل کی اصلاح کرنا ہے تاکہ اپنے ایک ذاتی اور کامیاب قسم کے پروگرام بنانے میں حتی الامکان مدد مل سکے۔ ایسے آزمائشی دور میں جبکہ ارادہ پکا، نیت صاف، دل حرکت و عمل پر آمادہ ہو۔ ترقی کرنے کی خواہش بیدار ہو کر انگڑائیاں لیتی ہو اور اپنے ساتھیوں سے آگے بڑھ جانے کا حوصلہ نچلا نہ بیٹھنے دیتا ہو تو پھر یہ سارا وقت اس ٹائم ٹیبل کی تلاش میں صرف ہو جاتا ہے جس کو ہم نے کبھی اسکول میں نقل کیا تھا اور جس کی ضد میں اب ہم ایک کامیاب ٹائم ٹیبل بنا کر اس پر عمل کرنے کے لیے بے چین نظر آ رہے ہیں۔ کسی نے سچ کہا ہے کہ مصیبت کے دن سدا نہیں رہتے اور کسی کی محنت اکارت نہیں جاتی اور آخر کار ہماری یہ سپاہیانہ جدوجہد رنگ لاتی ہے وہ ٹائم ٹیبل کسی میز، الماری یا کرسی کے نیچے کسی

پرچہ، کتاب سے ناقابل ذکر، فلمی اشتہار، یا اقتصادیات کی کاپی کے اس مقام پر بالکل چپک گئے تھے۔ حالت میں ان پر حساب کے گھنٹے میں کاغذ گولا کھیلا تھا اور پچھلی اتوار کو اسی نمونے باتیں طرح دھوبن کے کپڑے سے لکھے تھے۔ ہم کو ہمارا گم شدہ ٹائم ٹیبل مل جاتا ہے جس پر مسلسل غور و فکر کے بعد اکثر کچھ کچھ سمجھ میں آنے لگتا ہے کہ آخر یہ کیا کیا گیا ہے۔ خود اپنی عبارت ایک مصیبت بن جاتی ہے، لکھا کچھ ہوتا ہے اور پڑھنے میں کچھ آتا ہے۔ اس قسم کی مبہم عبارتوں کا پڑھنے لکھنے پر بھی برا اثر پڑ سکتا ہے ایسے نازک موقعوں پر وہی نقشہ سب سے بہتر رہتا ہے جو جلدی میں لکھنا بھول گئے ہیں۔ مثلاً ایک موٹی سی بات ہے کہ اب دو دو کر یاد کیا جا رہا ہے کہ انٹرول کہاں ہے؟ باوجود اس کے کھو جانے کے ہم کو اچھی طرح یاد ہے کہ کہیں نہ کہیں پر انٹرول بھی ضرور تھا۔ مگر جو شخص دن میں تین چار بار انٹرول منائے اس کے لیے یوں بھی اصلی انٹرول کا پتہ لگانا مشکل ہو جاتا ہے۔ اصلی انٹرول اسے کہتے ہیں جس کا وقفہ مختصر اور بھیڑ بھاڑ زیادہ ہوتی ہے۔ مگر اس کی اہمیت اس وجہ سے زیادہ ہوتی ہے کہ اس موقع پر کوئی روک تھام نہیں ہوتی۔ مگر اس وقت تو انٹرول کی تلاش خود ایک انٹرول ہے۔

غرض ایک تفصیلی چھان بین، تنقید و تحقیق، غور و فکر کے بعد ہمارے ذہن میں عین ہمارے تصورات کے مطابق ایک نہایت واضح نقشہ اس پروگرام کا بن گیا جس کے نہ ہونے سے ہم کو اپنی زندگی نہایت فضول معلوم ہونے لگی تھی اور اکثر اس کے مصرف پر ہم اپنے دل میں غور کرتے اور دماغ سے سوالات کرتے اور جواب نفی میں آتا تو بدن میں مایوسی کی ایک لہر کو دوڑنا پڑتا۔ بے اختیار اپنی بے بسی کا خیال آ دھمکتا۔

اس پروگرام نے ہمارے خون کی روانی میں ایک تیزی پیدا کر دی، ایسی تیزی جس نے نوجوانوں کو کبھی نچلا نہیں بیٹھنے دیا، لہذا بے اختیار اکڑ کر بیٹھ گئے۔ دو چار بار بے اختیار

پیلو بدلے، عجب عجب منہ بنائے۔ لیکن اگر کوئی ہم کو اس وقت دیکھتا تو قطعی یہ اندازہ لگا لیتا کہ اس وقت ہم بے حد خوش و خرم ہیں۔ ایسی فطری خوشی جو طبیعتوں کو موسیقی کی جانب مائل کر دیتی ہے۔ چنانچہ شگون کے طور پر ایک آدھ سیٹی بھی بجا ڈالی اور اس کی دھن پر ایک فلمی راگ بھی چھیڑ دیا۔ کیونکہ سر کے اوپر سے ایک بڑا بوجھ اتر چکا تھا، اور اب جو کچھ رہ گیا تھا اس کی حیثیت دفتری خانہ پری سے ہرگز زیادہ نہ تھی۔ اس وجہ سے اس کے انجام دینے میں ہم اب قطعی جلد بازی سے کام لینا نہ چاہتے تھے۔ اس لیے ہم نے طبیعت کو لطیف بنانے کے لیے نہانے ہی میں اپنی بہتری سمجھی۔ نہانے کے بعد بہترین کپڑے پہنے، اخبار دیکھا، کون فلم کہاں لگا ہے۔ ایک دیکھا ہوا فلم دیکھنے کی خواہش دوبارہ پیدا ہوئی، سائیکل اٹھائی سینما کا رخ کیا، موڈ اچھا اور طبیعت آمد پر تھی اس لیے اکثر راستے میں سائیکل کا ہینڈل چھوڑ دیتے، اور سائیکل بالکل ایسی چلنے لگتی جیسے "پاکستانی سیاست"، پھر جلد ہی اس کی باگ قابو میں لانے کے لیے ہینڈل کو دوبارہ اپنی کمان میں لے لیا راہ گیر بھی مطمئن ہو گئے اور تماشائی بھی منتشر۔

فلم دیکھ کر لوٹے تو ایک قسم کی تکان محسوس ہوئی اس لیے پروگرام اونگھتے میں تیار کرنے کے ارادے سے سو گئے، شب و روز اسی طرح گزرتے رہے۔ ایک ماہ کی مسلسل محنت، لگاتار غور و فکر کے بعد ہم نے ایک پروگرام تیار کر لیا، اتنا مکمل ٹائم ٹیبل تو ہم پچھلی بار بھی نہ تیار کر سکے تھے۔ اس میں اول تو ہم نے یہ خیال رکھا کہ پچھلے سال جو غلطیاں امتحان پاس کرنے کے سلسلے میں ہم سے سرزد ہو گئی تھیں ان کے دوبارہ ہونے کا احتمال نہ رہے۔ غلطیاں ہونا برا نہیں، لیکن اگر غلطی نئی ہو تو کیا مضائقہ ہے۔ اس میں شرمندگی کا موقع ذرا کم رہتا ہے۔ ورنہ کچھ مناسب نہیں رہتا۔

ہمارا یہ ٹائم ٹیبل جنگی پیمانے پر تیار کیا گیا تھا۔ اس میں ہماری روزمرہ کی زندگی کے بارے میں ہنگامی حالات کا اعلان کر دیا گیا تھا۔ پروگرام کیا اچھا خاصا کرفیو آرڈر تھا جس کا نفاذ مثل مارشل لا کیا گیا تھا۔ اس ٹائم ٹیبل میں جس قدر بھی مفید مشورے ممکن ہو سکتے تھے ہم نے اپنے آپ کو دے ڈالے تھے، اپنی صحت اور اصلاح کا کوئی بھی پہلو نہیں چھوڑا تھا۔ بعض اوقات تو شبہ ہوتا تھا کہ یہ ٹائم ٹیبل ہے یا کسی لیڈر کے الیکشن سے قبل ہونے والی تقریر۔ یہ دراصل کچھ حسب ذیل سا تھا۔ مثلاً روزانہ:-

۴ بجے۔ (صبح کاذب): زن سے اٹھ بیٹھنا (اگر ممکن ہو تو ۲ ۱/۲ ہی بجے سے)
اگر بیدار ہونے کے روزمرہ میں کچھ پیچیدگیاں پیدا ہونے کا خطرہ ہو تو بیداری کے لیے گھڑی کا الارم لگا دیا جائے یا غسل خانے کا پائپ کھلا چھوڑ دیا جائے۔ (ہر طرح ناکامی کی صورت میں) چوکیدار کو آواز لگانے کی ہدایت کر دی جائے)

۰ ــ ۴ تا ۵ ــ ۴ : حوائج ضروریہ سے فراغت حاصل کرتے ہی غسل کرنا، عبادت کرنا۔

۵ ــ ۴ تا ۱۵ ــ ۴ : میل بھر کی دوڑ اور صبح کی سیر، (واپسی پر چنے کا پانی پی کر پڑھنے بیٹھ جانا)

۱۵ ــ ۴ تا ۱۵ ــ ۷ : دل لگا کر پڑھنا۔

۱۵ ــ ۷ تا ۲۵ ــ ۷ : ناشتہ کرنا۔

۲۵ ــ ۷ تا ۲۵ ــ ۹ : وہ تمام مضامین پڑھ ڈالنا جو آج اسکول میں پڑھائے

جائیں گے اور اسکول کا کام کرنا۔

۳۵ — ۹ تا ۴۵ — ۹ : کھانا کھا کر کپڑے تبدیل کرکے کتابیں کاپیاں درست کرکے اسکول روانہ ہو جانا کہ ٹھیک ۱۰ بجے اسکول پہونچ جائیں۔

۰۰ — ۱۰ تا ۰۰ — ۴ : اسکول میں، جس میں انٹرول میں کھیل اور خالی وقت میں مطالعہ فطرت میں دلچسپی لینا، اخبار پڑھنا، جن استادوں کے پاس امتحان کی کاپیاں جانے کا احتمال ہو ان سے تعلقات استوار کرنا۔ ان کے آپس کے جھگڑوں سے فائدہ اٹھانا وغیرہ۔ (مگر ایک مناسب حد تک)

۰ — ۴ تا ۵، — ۴ : اسکول سے گھر واپس آنا، کپڑے تبدیل کرکے ناشتہ کرنا۔

۱۵ — ۴ تا ۲۵ — ۴ : سیر و تفریح۔

۲۵ - ۴ تا ۸ بجے شب : وہ سب پڑھ ڈالنا جو آج پڑھایا گیا تھا۔

۰۰ — ۸ تا ۵ — ۸ ،، : رات کا کھانا کھا کر قیلولہ کرنا۔

۵ — ۸ تا ۱۵ — ۱۲ ،، : مسلسل سبق یاد کرنا۔

۱۵ — ۱۲ تا ۰ — ۴ صبح : سونا۔

ہفتہ کے دن اسکول سے واپسی پر اگر سنیما یا میچ دیکھنے چلے جائیں، یا دوستوں کے ساتھ گپ شپ کے لیے کافی ہاؤس وغیرہ کا ایک آدھ چکر لگا لیا جائے تو نامناسب نہ ہوگا۔ لیکن مناسب ہوگا کہ حتی الامکان

پرہیز کیا جائے۔ اتوار اور چھٹیوں میں درمیانی وقفہ (۱۰ تا ۴) میں امتحان کے پرچے تیار کرنا، گھڑی سامنے رکھ کر ان کی مشق کرنا۔ حل شدہ پرچے پڑھنا، گیس ورک تیار کرنا، ماسٹر صاحب سے اپارٹمنٹ پر پہنچنے جانا وغیرہ۔

اطلاعاً عرض ہے کہ یہ ایک ایسا جامع پروگرام تھا کہ اس کو محض دیکھ کر بڑی مسرت ہوتی تھی۔ اکثر و بیشتر اس ٹائم ٹیبل کے کچھ حصوں پر عمل کرنے کی بھی کوشش کی گئی۔ زمانے کیسے کیا ہوا کچھ کہا نہیں جا سکتا مگر اتنا ضرور علم ہے کہ اسی غور و فکر میں رفتہ رفتہ سال تمام ہوا اور جو کچھ نتیجہ برآمد ہوا اس نے دوبارہ سوچنے پر مجبور کر دیا کہ اس ٹائم ٹیبل میں کیا ایسی چیزیں پھر بھی رہ گئی تھیں جن کو اگر شامل کر دیا جائے تو ایک کامیاب ٹائم ٹیبل تیار ہو جائے جس پر عمل کر کے میرا پہلا "ون ایئر پلان" کامیابی کا منہ دیکھ سکے۔

آموختہ خوانی میری

(اُردو کے ممتاز خود نوشت سوانح نگاروں سے معذرت کے ساتھ)

باتیں بنانا آسان ہوتی ہیں، بات میں بات پیدا کرنا اس سے بھی آسان، مگر باتوں باتوں میں اپنی تعریف کرنا مشکل ہوتی ہے، اور اپنے مطلب کی بات کہنا اس سے بھی زیادہ دشوار۔ میرا حال اس داستان طراز کا ہے جسے یاد نہیں کہ اس نے بات کہاں سے شروع کی تھی اور کہاں پر ختم کرنا ہے۔ گویا آج آپ کا سابقہ اُس اناڑی لطیفہ گو سے پڑا ہے جو لطیفہ سنائے بغیر رہ بھی نہیں سکتا اور پورا لطیفہ سنا بھی نہیں سکتا۔ لہٰذا ہنسنا ہنسانا آپ کے ذمہ اور بھول چوک میرے۔

فرض کر لیجئے کہ میں ہندوستان کے ایک بہت ہی اعلیٰ خاندان میں پیدا ہوا۔ بالفرضِ محال آپ "اعلیٰ ترین" نہ بھی تسلیم کریں تو لفظ "اعلیٰ" پر میں آخر دم تک اصرار کروں گا۔ یعنی یہ وہ افضل ترین ایشیائی خاندان ہے جس کا سلسلۂ نسب باپ کی طرف

حضرت آدم اور ماں کی جانب اماں حوا سے چل کر امت ابراہیمی پر ختم ہوتا ہے اور برادرانِ یوسف کا یہ زلیخائی کارواں اگر ایک طرف اپنا سرا امام حسین سے ملاتا ہے تو دوسری جانب جناب یزید سے اور ان خالص خوشبودار سیدوں کا خون ہندوستان آتے آتے سیاہ ہو جاتا ہے۔ لہٰذا یہ کالے سید جو حسب معمول سلاطین دہلی کی منت اور دعوت پر مملکت ہندوستان میں ظہور پذیر ہوئے تھے اور آتے ہی بڑے بڑے عہدوں پر فائز ہوئے، خلعت اعزاز و جاگیر سے نوازے گئے۔ سلطنتوں کے عروج و زوال میں ہمیشہ ان کا بڑا دخل رہا۔ سلطنت مغلیہ کے زوال کے ساتھ ساتھ ان کا بھی زوال ہوا۔ کچھ پرانی حکومت کے وفادار ہونے کی وجہ سے جاگیروں کے ساتھ جان سے بھی گئے اور کچھ نئے حکمرانوں کے وفادار ہو جانے کی وجہ سے امپیریل کاؤنسل اور برٹش پارلیمنٹ کے ممبر ہوئے، مقابلے کے امتحانوں میں کامیاب ہو کر اعلیٰ عہدوں پر فائز ہوئے۔ پہلے والے وطن کی راہ میں شہید ہوئے اور بعد والے وقت کے ساتھ آگے بڑھے، آزادی کے بعد کچھ نے جا کر پڑوس کی باگ ڈور سنبھالی اور کچھ نے یہاں کی حکومت پر اکتفا کیا۔ ان میں سے بیشتر ہنرمند وزیر باتدبیر بنے اور حب الوطنی میں اپنا نام کر گئے۔ یہ سب میں نے اس وجہ سے بیان کیا ہے کہ اس سے ہمارے خاندان کے سیاسی و سماجی حالات و تاریخی پس منظر سمجھنے میں آسانی ہوگی۔

اس عظیم الشان خاندان میں ہمارا گھرانا بھی شامل ہے۔ جس میں بیٹھے بیٹھے کھانے اور "پدرم سلطان" کا رواج ہے بقول والد مرحوم "تاریخ میں اگر کوئی قابل ذکر ہستی گزری ہے تو وہ کسی نہ کسی حیثیت یا تعلق سے ہم سے یا ہمارے خاندان والوں سے ضرور متعلق رہی ہے۔

ہمارے گھرانے میں ہمیشہ سے مشاعرے، مناظرے، نوٹنکی اور بیت بازی وغیرہ کا رواج عام ہوتا جس میں بزرگوں سے لے کر دودھ پیتے بچے تک حصہ لیتے تھے۔

میں نے شیر خواری کے عالم سے وعظ کی محفلوں میں جانا اور سنیما کے بہانے ان نشستوں میں شرکت کرنا شروع کر دی تھی، جہاں فلسفہ، حکمت، نجوم، ہیئت، رمل اور دوسرے علوم معقول و منقول پر بحثیں چھڑی رہتی تھیں۔ اس زمانے میں میں شیشی کا دودھ پیتا اور علمائے کرام، اہل کمال و بڑے بوڑھوں کی صحبتوں سے لطف اندوز ہوتا تھا۔ دنیا کے دوسرے بڑے لوگوں کی طرح میں بھی چھپ چھپ کر فلسفیانہ رسائل پڑھا کرتا۔

اس زمانے میں مجھے کروڑوں کی تعداد میں اشعار زبانی یاد ہو چکے تھے۔ بات بات پر شعر عرض کرنے لگا تھا۔ بلکہ اکثر آل انڈیا شاعروں سے گفتگو شعر و شاعری پر رہتی۔ اس زمانے کا آل انڈیا آج کل کے انڈیا سے بڑا اور بھاری بھرکم ہوا کرتا تھا۔ کیونکہ اس میں موجودہ پاکستان کے علاوہ برما اور سیلون بھی ہوا کرتے تھے۔ بعد میں لے دے کے سیلون رہ گیا اور وہ بھی تال ومسر کی حد تک۔ اگر اساتذہ میں سے کسی پر سرقہ یا توارد کا الزام عائد ہوتا تو وہ مجھ سے استفادہ کرنے کے لیے حاضری دیتا اور بامراد واپس ہوتا۔

پانچ سال کی عمر میں جبکہ ہمارے گھروں کے بچے کھلونوں اور غباروں کے لیے ضد کرتے ہیں۔ میں میونسپل پارک میں پتنگیں لوٹنے اور گلی ڈنڈا کھیلنے کے بجائے سیاسی جلسوں اور ادبی مباحثوں میں شرکت کرتا۔ تیسری جماعت میں جہاں درجہ کی پڑھائی اور کنگ ہیڈ کی رٹائی میرے منہ کا ذائقہ خراب کر دیتی۔ وہاں میں

گلستان، بوستان و اخلاق ناصری سے لے کر اخلاق جلالی تک گھول کر پی چکا تھا، مگر ان کے اظہار کا موقع نہ پا کر بڑی گھٹن محسوس کرتا۔ عام طور پر میں بلا سبق پڑھے جماعت میں چلا جاتا اور اپنی باری پر پوری پوری کتاب مع صفحہ و سطر کے حوالے دے کر سنا دیتا اکثر یہ بھی بتا دیتا کہ اس سبق میں بنیادی طور پر کیا خامی ہے اور اس کی کہاں تک ذمہ داری موجودہ طریقۂ تعلیم و نصاب کے ناقص ہونے پر ہے۔

چوتھی جماعت میں دوسرے مضامین کے ساتھ ساتھ صاحب دیوان شاعر بھی ہو چکا تھا اور ساتھ ہی ساتھ تمام اساتذہ کے دیوان کا حافظ بھی۔

بہ حیثیت طالب علم کے اسکول میں میرا کوئی ثانی نہ تھا۔ ہمیشہ اول پاس ہوتا۔ اسی زمانے میں میں نے آفاقی ادب کے تمام قابل ذکر ناول اور فلسفے کی بیشتر اہم کتابیں چاٹ ڈالی تھیں۔ نتیجے کے طور پر میری وسعت مطالعہ پھیل کر خود میرے لیے پیچیدگیاں پیدا کرنے لگی تھی۔ میری مثال اس پھل کی سی تھی جو اپنے وقت سے پہلے پک گیا ہو۔ یعنی بادی النظر میں ڈال سے زیادہ پال کا معلوم ہوتا تھا۔ جس کا نتیجہ یہ ہوا کہ مجھے دوسروں کو مرعوب کرنے میں لطف آنے لگا۔ لہٰذا جو رعب کھا جاتا وہی میرا اہم نوا در سیا ہو جاتا، یہ سلسلہ اب بھی جاری ہے اسی وجہ سے اپنے زمانے کے اہم ترین لوگ میرے مداح ہیں۔ اور جن سے میں خود نہ مل سکا وہ تمد کسی نہ کسی بہانے آ کر مجھ سے مل لیے۔ یہ لکھتے وقت مجھے بری طرح وہ تمام بڑے لوگ بے اختیار یاد آ رہے ہیں جو میرے گرویدہ ہیں۔

جیسا کہ عرض کر چکا ہوں کہ ابھی میری مسیں بھی نہ بھیگی تھیں، مونچھوں کے کونڈے تک نہ ہوئے تھے کہ آفاقی ادب، ادیبوں و تحریکوں سے متاثر ہو چکا تھا۔

چھوٹا موٹا ادیب تو میں شروع ہی سے خاطر میں نہ لاتا تھا۔ خصوصاً وہ لوگ جو نہ کسی اعلیٰ عہدے پر تھے نہ بہت اچھے خاندان سے تعلق رکھتے تھے نہ بہت زیادہ خوش پوشاک بانکے طرح دار شخصیت و حیثیت کے مالک تھے۔ وہ جب اپنے آپ کو فن کار بتاتے تو میں سانس کھینچ لیتا، گم سم ہو جاتا، اپنے آپ کو قابو میں رکھنے کے لیے اور ان کو نظر انداز کرنے کی بڑی ہی کامیاب کوشش کرتا۔

افسران کے سلسلے میں جہاں تک میرا حافظہ کام کرتا ہے میں نے ہمیشہ ان سے سیڑھیوں کا کام لیا۔ مثلاً جب مجھے صوبے کے وزیر اعظم سے ملایا گیا تو بہت سے سابقوں کو بھول گیا۔ مگر کچھ دن بعد پھر تائب ہوا اور گورنر صاحب کا کلمہ پڑھنے لگا جو ہمارے چانسلر بھی تھے اس کے بعد وائس چانسلر صاحب کو بھلا دینا کتنی فطری عمل تھا مگر وائس چانسلر صاحب مجھے نہ بھلا سکے لہٰذا میں نے انھیں بھی یاد رکھا، کچھ دن بعد وہ ریٹائر ہو گئے اور ہر فانی چیز کی طرح انھیں بھی بھلا بیٹھا۔ ان کی خدمت میں میں نے جتنے سپاس نامے و تقریریں لکھی تھیں وہ سب مجھے اب تک حفظ ہیں۔ اس سلسلے میں وہ میرے بہت مداح و معترف تھے۔ اور ان کی وہ تقریریں اس زمانے میں میرے بہت کام آتی تھیں۔

شاید ہی علم کا کوئی ایسا شعبہ اور فن کا ایسا خانہ ہو جس میں مجھے کمال کی حد تک عبور حاصل نہ ہو۔ اس کے باوجود میں قدرت کی طرف سے بڑی پرسوز شخصیت لے کر آیا ہوں، میں ہر اس واقعے سے انتہائی آبدیدہ ہو جاتا ہوں جس پر پبلک میں میری شنوائی کچھ اور زیادہ ہو جائے، خصوصاً بڑے آدمیوں کی موت، میرا عہد بڑے آدمیوں اور بڑائی سے رخصتی کا عہد ہے۔ میرے کتنے مداح، عزیز، احباب، حاکم یہ سب ٹیسے لوگ ایک ایک کر کے اس گنگا جمنی تہذیب کی بساط سے اٹھتے جاتے ہیں! اور

تعزیہ داری کے لیے اپنی خلوت گاہ میں میری وہی حیثیت رہ گئی ہو شام غریباں میں ماتمی شمع کی۔

ایک بہت بڑے مفکر کا قول ہے کہ "اپنے موقع پر سچ بولنا ممکن ہے۔" میں کوئی سیاسی پیر دفیسر نہیں جو پبلک کو خوش کرنے کے لیے اور ناممکن کو ممکن بنانے کے لیے شعبدہ بازی پر اتر آؤں۔ ایمان کی بات یہ ہے کہ اسی لیے میں ایک عرصے سے جھوٹ بولتا چلا آرہا ہوں۔ مجھ میں اتنی ہمت کہاں کہ میں سچ بول کر اپنے پول کھول دوں۔ یہ تو وہ زمانہ ہے جبکہ لوگ نجی خطوط بھی تھوڑی سی شہرت پا جانے کے بعد بہت سنبھال کر لکھنے لگے ہیں تاکہ مرحوم ہو جانے کے بعد ان خطوط کے شائع کرنے میں دقت کم اور شہرت زیادہ ہو۔ یہ ٹھہری میری اپنی خود نوشت سوانح جو چھاپنے چلنے کے لیے لکھی جا رہی ہے۔ یہ میں اس لیے بتا رہا ہوں کہ آپ کو میری خود نمائی کی عادت کو سمجھنے اور اس کا نفسیاتی تجزیہ کرنے کا موقع مل سکے کیونکہ یہی وہ حرکتیں ہیں جنھیں ہم مسلسل شعوری طور پر غیر شعوری بنا کر کرتے رہتے ہیں اور آئندہ سچ کی ابدی تاریخ میں اپنے لیے جگہ بنا لیتے ہیں۔

دوران تعلیم ایک دفعہ فرقہ وارانہ فساد ہو گیا۔ آپس کے تعلقات خاصے کشیدہ ہو چکے تھے۔ اس بات کا میں نے اتنا اثر لیا کہ بیمار پڑ گیا، اور عرصہ تک بسم اللہ کے گنبد میں بیٹھا دونوں پر قل ہو اللہ پڑھ پڑھ کر دم کرتا رہا۔ یہاں تک کہ دلوں کے بخار میری وجہ سے پتی منہ تک نکل گئے۔ البتہ میرے خاندان کے متعدد صلح پسند حضرات و خواتین اس صدمہ کی تاب نہ لا سکے اور اللہ کو پیارے ہوئے۔ مگر میں سخت جان تھا اس لیے بچ نکلا۔

کالج پہنچ کر آخر دم تک فیصلہ نہ کر سکا کہ میرے استاد اچھے نہ تھے یا میں خراب طالب علم تھا۔ ہر سال فیل ہو جانے کے باوجود دنیا کا تمام عظیم ادب گھول کر پی گیا۔ کوئی شوق ایسا نہ تھا جو پورا نہ ہو چکا ہو، کوئی حسرت ایسی نہ تھی جو نکل نہ چکی ہو۔ سارے "ازم" میرے ناخنوں میں تھے، مگر گومتی پار کرنا میرے لیے معمہ بن کر رہ گئی تھی۔ اس کے باوجود میرا یہ عقیدہ راسخ ہو چکا تھا کہ جن استادوں سے میرا سابقہ پڑا اُن سے پڑھ کر میرا علم گھٹ گیا جس کی وجہ سے بات کم کرنے لگا اور شاعری زیادہ۔

ایک ایسے گھرانے سے تعلق رکھنے کی وجہ سے جس کو ورثہ میں عظیم روایات ملی تھیں میں لکیر کا فقیر ہو گیا اور زندگی بھر ناک کی سیدھ پر چلنے کا عادی رہا۔ اس کا یہ سبب تو ہے کہ نہ تو اپنی زندگی کی وسیع شاہراہ پر گامزن رہنے کے لیے مجھے کسی پگڈنڈی سے گزرنا پڑا اور نہ کبھی اس گرینڈ ٹرنک روڈ پر کوئی کھانچا یا کھائی ملی۔

اب مجھے ان حقائق کی جانب آپ کو پھر متوجہ کر لینا چاہیے جن سے میری عظمت کے نقش آپ کے ذہن میں زیادہ واضح طریقہ پر اُبھر سکیں۔ مثال کے طور پر بچپن میں یا تو سرسید احمد خاں کے ملازم کو جواب دینے پر گھر سے نکال دیا گیا تھا یا مجھے اس واقعے کی مماثلت کے بعد میں اور سرسید برابر ہو جاتے ہیں۔ مگر کچھ خوبیاں مجھ میں ایسی ہیں جن سے مرحوم محروم تھے۔ یہاں میں ان سے افضل و بہتر ہو جاتا ہوں۔ اگر اسی طرح آپ میرا موازنہ سرسید سے لے کر جدید ترین دور تک کی تمام اہم ہستیات و واقعات سے کریں تو بار بار آپ پر یہ حقیقت واضح ہوتی چلی جائے گی کہ اس برصغیر نے مجھ جیسا افضل و اشرف نہ مجھ سے کئی صدی قبل پیدا کیا اور نہ آئندہ سینکڑوں برس بعد تک اس کی امید پائی جاتی ہے۔ حقائق آپ کے سامنے ہیں۔ بس پردہ اٹھانے کی دیر ہے۔

اور یہی دیدہ میری بڑائی کی دلیل ہے۔!

جیسا کہ بارہا عرض کر چکا ہوں قدرت نے شروع ہی سے جس فیاضی کے ساتھ میرے لیے مواقع فراہم کیے وہ لطف بیان سے خالی نہیں، جس کا نتیجہ یہ ہوا کہ شاید ہی کوئی کام یا ادارہ ایسا ثابت ہو سکا ہو جو بغیر میرے کنٹرول کے اپنے ہنر دکھا سکا ہو۔ اور حاکم د حکومت تو خود سب سے بڑا ادارہ ہیں ان کی بے پناہ بے جا سرپرستی کی وجہ سے میں شاید شمار کر کے نہ بتا سکوں کہ کتنے اداروں کی کارکردگی، دیکھ بھال، ترویج و اشاعت میرے ذمے آگئی، جن سے گریز میرے لیے ممکن نہ رہا۔ ہر چند کہ میں ذمے داریوں کی کسوٹی پر شروع سے پورا نہ اتر سکا۔ اس کے باوجود میری ذمہ داریوں کا حلقہ وسیع ہوتا گیا اور کامیابی دن دونی رات چوگنی میرے قدم چومتی گئی۔

میرے بچپن میں نوجوان اساتذہ کی خدمت میں حاضر رہتے تھے اور علم مجلس سے اپنا دماغ روشن کرتے تھے، میری نوجوانی میں اس بدعت کا چلن بگڑا اور پہلے تو اساتذہ مختلف سرکاروں، دربادوں میں حاضری دینے گئے، بعد میں یہ رسم یہاں تک مقبول ہوئی کہ نوجوان بھی امرا کی ڈیوڑھیاں چومنے لگے، علم و ادب کے ایوان سونے ہو گئے اور شعر و ادب کی گونج کی جگہ یوم کی ہا دہو نے لے لی۔ اس سے مجھے فائدہ ہوا اور میری افسری رنگ لانے لگی۔ نوجوان اور اساتذہ بھی ماتحتوں کے دوش بدوش حاضر ہوتے، داد سخن دیتے اور اپنے اُلّو سیدھے کرتے۔

نوجوانی کے ساتھ ساتھ فکر و نظر میں وسعت آئی، تازہ جہانوں کی سیر کے لیے مختلف مشنوں کے ساتھ مختلف ممالک کی سیاحت پر جانا پڑا۔ جانے کا طریقہ آسان تھا۔ جس ملک میں جانا ہوتا اس کے علمی و تہذیبی سرمائے پر صحافتی مضامین لکھتا۔ اس کو

عظیم ظاہر کرتا اور پھر اس کے ساتھ اپنی گہری دلچسپی کا اظہار کرتا۔ گرگٹ کی طرح ذرا بھی رنگ بدلتے ہی دعوت ناموں کی بھرمار ہو جاتی اور اس طرح ادب کی خدمت کے نت نئے مواقع فراہم ہو جاتے۔

میرے عہد کے ادیب عظمتوں کے جھگڑوں میں اپنے آپ کو اتنا الجھائے رکھتے تھے کہ سوائے عظمت کے ہر چیز ان میں مل جاتی تھی۔ پڑھنے لکھنے کی بیماری جو کبھی وبا کی شکل اختیار کر چکی تھی کم ہوتی جا رہی تھی۔ بڑے ادیب وہ ہوتے تھے جو بڑی باتیں بنا لیتے تھے۔ لکھنے سے زیادہ اپنے آپ کو منوانے اور "ادب میں جمود ہے یا نہیں ہے؟" قسم کی بحثیں چلوانے کا رواج عام تھا۔

اب خزاں کا دور دورہ ہے۔ بہت رخصت ہو رہی ہے، ان منتشر خیالات کو اس لیے یکجا کر رہا ہوں کہ وہ شخصیات و واقعات جن سے میں متاثر ہوا تھا اور میری شخصیت کی نشو و نما کو جنہوں نے ہوا دی وہ ماضی کی کتاب میں محفوظ ہو جائیں، عزت، دولت، شہرت، شخصیت اور ادب کی ان پرچھائیوں میں اگر آپ کو ہلکا سا بھی عکس نظر آ جائے تو اسے "میں" کی جھلک سمجھئے گا۔ یہی وہ "میں" ہے جس نے اوروں کی طرح مجھے بھی اپنی "آموختہ خوانی" پر مجبور کیا اور یہ چند سطریں لکھوائیں۔ اگر ان پر آپ ایمان لے آئے تو میں آپ کے ایمان کے بارے میں سوچوں گا، اور اگر نہیں لائے تو آپ کے تنقیدی شعور کے بارے میں۔

مرزا ظاہر دار بیگ کافی ہاؤس میں

یہ پرانا کافی ہاؤس ہے.

اسی کافی ہاؤس میں مجبوراً مجھے بڑے لوگوں سے بھی ملنا پڑا ہے.

اسی کافی ہاؤس کے تاریک گوشوں سے میں نے دن دہاڑے پدرم سلطان بود کے رسیلے بول بھی سنے ہیں.

اسی کافی ہاؤس میں بیٹھنے والے تمام بڑے بڑے مسائل پر عموماً بے لاگ نکتہ چینی کرتے رہتے ہیں. جو کہ اکثر اس قدر کڑوی ہوتی ہے کہ اس میں چینی کا نام و نشان تک نہیں ہوتا البتہ نکتے زیادہ ہوتے ہیں.

ایک دن میں اسی کافی ہاؤس میں بہت خوش خوش بیٹھا Egyptian thirtyfive کے سگریٹ پھونک رہا تھا. اتنے میں مجھے ایک کرسی کھسکتی نظر آئی. ایک نہایت ہی خوش پوش نوجوان آہستہ آہستہ میری طرف بڑھا، وہ ایک نہایت ہی بیش قیمت سوٹ پہنے

ہوئے تھا، اس کی بڑھیا گریشم کا جوتا اس قدر چمک رہا تھا کہ میں بہ آسانی اس میں اپنی صورت دیکھ سکتا تھا۔ اس کی قیمتی ٹائی پر ایک سنہرا طلائی کراس دمک رہا تھا، اس کے بال بڑے بھلے لگ رہے تھے۔ بھورے بھورے گھونگریلے جن کی ایک لٹ اس کے ماتھے کے دائیں طرف آگے کو نکلی ہوئی تھی۔ اس کا چوڑا چکلا سینہ اور کسرتی بدن اس کی شخصیت کا ایک اچھا نمونہ تھا، سنہری کمانی کے شاندار چشمے کے پیچھے سے اس کی پُراسرار آنکھیں چمک رہی تھیں۔ دھیرے دھیرے وہ میرے بالکل قریب آ گیا۔ میں نے پہلو بدلتے ہوئے اس اجنبی نوجوان پر ایک نظر ڈالی۔ اجنبی نوجوان نہایت بے تکلفی سے بولا۔ "معاف کیجیے گا حضت میں بیٹھ سکتا ہوں؟"۔ میں نے مسکرانے کی ناکام کوشش کرتے ہوئے جواب دیا۔ "بیٹھیے"۔ نووارد مجھ سے نہایت گرم جوشی کے ساتھ بغل گیر ہو کر میرے سامنے بیٹھ گیا اور بولا۔ "تھینکس سر"۔

پہلے تو میں نے اپنی جیبوں کو اچھی طرح ٹٹول کر اطمینان کر لیا، میرا پرس اپنی جگہ پر موجود تھا، مجھے بلاوجہ وہ سُنی سنائی باتیں یاد آئیں کہ فلاں فلاں موقع پر لوگوں کی بھیڑ میں دھکا لگا یا، اچانک ان سے کوئی اجنبی ایسا بغل گیر ہوا کہ ایک عرصہ تک اس ملاقات کا صدمہ رہا۔ پھر میں نے دریافت کیا۔ "جناب کی تعریف"۔؟

"اوہ! معاف کیجیے گا۔ حضت میں آپ سے اپنا تعارف کرانا تو بھول ہی گیا۔ بندۂ ناچیز کو مرزا ظاہر دار بیگ کے نام سے یاد کیا جاتا ہے۔" مرزا ظاہر دار بیگ، یہ سُن کر میں تقریباً اچھل سا پڑا، مجھے یاد پڑتا ہے کہ میں نے اس شخص کو اس سے قبل کہیں دیکھا ہے۔ ہو سکتا ہے کہ اس کا نام کہیں سُنا ہو، پھر مجھے خیال آیا کہ نہیں، یہ بات نہیں، اس کی تعریف تو ڈپٹی نذیر احمد مرحوم کی کتاب "توبۃ النصوح" میں پڑھی ہے

اس طرح میرا اس سے گویا غائبانہ سا ادبی تعارف تھا۔ میں نے دریافت کیا۔

"آپ ہی مرزا ظاہر دار بیگ ہیں، مجھے آپ سے مل کر بڑی خوشی ہوئی مجھے حبیب بڑے بڑے کہتے ہیں، مگر مسٹر بیگ آپ تو سرے سے بدل ہی گئے یعنی آپ وہی مرزا ظاہر دار بیگ تو نہیں غالباً جن کا ذکر میں نے۔"

وہ میری بات کاٹتے ہوئے بولا۔ "جی ہاں آپ ٹھیک سمجھے، میں وہی مرزا ظاہر دار بیگ ہوں۔" میں نے حیرت سے آنکھیں پھاڑ کر اس کی طرف دیکھتے ہوئے کہا۔ "اگر آپ وہی مرزا ظاہر دار بیگ ہیں تو مسٹر بیگ وہ آپ کی پرانی پوستین کیا ہوئی؟ آپ تو حیرے بشرے اور حلیے سے بالکل بدل چکے ہیں۔ معاف کیجئے گا حضت وہ آپ کی ڈیڑھ حاشیے کی جوتی وہ سر پر دوہری بیل والی بھاری کامدار ٹوپی، وہ انگرکھے، وہ شبنم، بانات، اور ڈھلکے کے نینو وغیرہ کے طرحدار کپڑے، وہ کاشانی مخمل کی آصف خانی جس میں حریر کی سنجاف کے علاوہ گنگا جمنی کمخواب کی عمدہ بیل ٹکی ہوئی تھی، اور وہ آپ کا ٹھوکرسے دو قدم آگے بات کرتا ہوا ڈھیلا پائجامہ جس کے ریشمی ازار بند میں گھٹنوں تک لٹکتا ہوا قفل کی کنجیوں کا گچھا، اور آپ کی طرحدار آڑی ترچھی، اور بانکی ٹوپی، اب وہ سب کہاں؟ آپ یہ تو بتلائیے آخر اتنے عرصہ غائب کہاں رہے جناب ——؟"

مسٹر بیگ نے قہقہہ مار کر ہنستے ہوئے کہا۔

"اوہ۔ ونڈر فل مسٹر پریذیڈ۔ یہ تو آپ نے بڑے مزے کی بات پوچھی۔ ابھی کچھ ہی دن کی بات تو ہے کہ میرا سوئٹزرلینڈ سے اچانک روم جانا ہو گیا، وہاں پاپائے روم نے مجھے سمجھایا کہ جب تم روم میں ہو تو ویسے ہی رہو جیسے روم والے رہتے ہیں۔ تو میں نے پاپا کی بات مان لی ——"

وہ بات کرتے کرتے رک گیا اور میرا ٹن اس نے میری طرف بڑھاتے ہوئے کہا: "سگریٹ سے شوق کیجیے، مسٹر پریدیزہ۔" "شکریہ" کہہ کر میں نے ایک سگریٹ نکال لی۔ پھر اس نے میرے ہی قیمتی لائٹر سے سگریٹ جلاتے ہوئے کہا ——"

"مسٹر پریدیزہ، معاف کیجیے گا آج کل بحالت مجبوری مجھ کو بھی یہی گھٹیا سگریٹ پینی پڑ رہی ہے، اس وجہ سے میرا گلا خراب ہو گیا، مگر اب کیا کیا جائے مجبوری ہے جناب اس سے بہتر سگریٹ بھی تو یہاں نایاب ہے ورنہ بندے کے منہ کو تو Rechands Fourteen اور Rechando Special لگی ہوئی ہیں ——"

میرا منہ کھلا کا کھلا رہ گیا۔ میں اس کی شخصیت سے بے حد مرعوب ہوا اور ڈرا کہ اگر میں کہیں اس کو اس وقت تھری فائیو سگریٹ پیش کرتا جو میں عام طور سے پیا کرتا ہوں تو یہ مجھے اپنے دل میں کتنا حقیر سمجھتا۔ جب تین تھری فائیو کی بھینی بھینی خوشبو میرے دماغ میں بسی جا رہی تھی۔ میں نے سنبھل کر بیٹھتے ہوئے کہا۔ "مگر جناب تین تھری فائیو تو نہایت اعلیٰ قسم کی سگریٹ ہے۔"

"اوہ۔ آئی ڈیا۔ پریدیزہ صاحب کیا بتلاؤں یہ بھی وقت کی بات ہے کہ آپ اسے اعلیٰ سگریٹ شمار کریں، ورنہ اگر اس وقت میرا "ریکانڈو اسپیشل سگریٹ" موجود رہتا تو آپ اندازہ کر سکتے کہ اچھے اور برے سگریٹ میں کیا فرق ہے۔ خیر قسمت کا لکھا......... اب بتلائیے کہ کیا اس کافی ہاؤس میں بھی کوئی شریف آدمی بیٹھنا پسند کرے گا ——؟" اب میں نے اپنے جسم میں ایک لرزہ سا محسوس کیا۔

"مگر بیگ صاحب آپ کیا فرماتے ہیں۔ یہ تو یہاں کا سب سے بڑا کافی ہاؤس ہے بڑے بڑے لوگ یہاں آکر وقت گذارنے میں فخر محسوس کرتے۔ یہ تو یہاں کا سب سے

شاندار کافی ہاؤس ہے ـــــــ" مسٹر بیگ نے لا پرواہی سے ادھ جلا سگریٹ ٹل دیا اور پونز بدل کر حیرت سے بولے "یہی آپ کے یہاں کا سب سے بڑا کافی ہاؤس ہے۔ سرپرائزنگ!

ـــــــ بھلا سوچئے! کہ جو شخص ایسے ایسے کافی ہاؤس کا عادی ہو جہاں ایک وقت میں پچیس پچیس ہزار آدمی سرو کرتے ہوں۔ جو شخص اپنی بہاریں "سُوسٹرزرلینڈ" کے امپیریل کلب میں گزارتا ہو بھلا اس کو یہ تنگ و تاریک کافی ہاؤس ذلیل نہیں لگے گا؟" ـــ میں نے تعجب سے پوچھا

ـــــــ امپیریل کلب وہی تو نہیں جس میں شاہ فاروق، شاہ ایران اور سر آغا خان وغیرہ ٹھہرا کرتے ہیں۔ اوہ مائی گڈنس، کیا ایسے ایسے کافی ہاؤس بھی اس دنیا میں ہیں جن میں ایک وقت میں پچیس ہزار آدمی جمع ہو سکیں"۔۔۔

ہاں ہاں مسٹر پرویز اس میں گڈنس کی کیا بات ہے، بلکہ اب جو نئے بن رہے ہیں ان میں تو پچیس ہزار سے بھی زیادہ شرفا جمع ہو سکیں گے۔ آپ نے آغا خان کا خوب ذکر کر دیا۔ وہ میرے بڑے اچھے دوستوں میں سے ہے۔ میرے بغیر تو اس شخص کو جیسے چین ہی نہیں پڑتا۔ بات یہ ہے کہ مجھے پولو کھیلنے کا بڑا شوق ہے اور آغا ہی ایسا شخص ہے جو میرے سامنے ٹکا بھی رہ سکتا ہے۔ کھیلنے کو تو یہ فاروق بھی اچھا خاصہ کھیل لیتا ہے مگر اب وہ بالکل پھکڑ ہو گیا ہے میں اسے زیادہ منہ نہیں لگاتا، فاروق کو دعوتیں دینے کا بڑا شوق ہے، جب میں اپنے مخصوص چارٹرڈ پلین پر مصر جاتا تھا تو ہم دونوں مل کر بعض یوں سیر و شکار کرتے۔ ویسے رضا بھی اپنا ہی آدمی ہے مگر ایمان کی بات یہ ہے کہ اس کو ٹھیک سے بات کرنے کا ہی سلیقہ نہیں۔ ابھی پچھلے ہی x mass کا قصہ ہے کہ میں جنائز کیری کی سیاحی میں مشغول تھا، وہاں کوئن الزبتھ نے مجھے ٹرنک کال کیا کہ بے بیری طالب علمی کے زمانے کی دوستی ہے جواب تک چلی آ رہی ہے اور ہے بھی بڑی دسعزلہ

عورت۔ اس نے بڑی عاجزی سے درخواست کی "ڈیر بیگ کیا تم میری سالگرہ کے موقع پر مجھے وش کرنے نہیں آؤ گے"۔ میں نے ٹالنا چاہا کہ میں ان دنوں سرونسٹن کے ساتھ لکڑ بگھے کے شکار میں پڑی ہوں۔ بات یہ ہے کہ سرونسٹن کمبخت سوائے میرے کسی اور کے ساتھ کھیلتا بھی نہیں اس کا قول ہے کہ یہ شکار یا تو بیگ کے وطن میں ہو سکتا ہے یا پھر کیپری کے سبزہ زاروں میں۔ اگر صاحب ملکہ نے "میرے اچھے بیگ کیا تم نہ آؤ گے" کی رٹ لگا کر سب گڑبڑ کر دی اور سرونسٹن شاید مجھے روکنے میں کامیاب بھی ہو جاتا اگر ملکہ کا ایڈیل اسپیشل ڈکوٹا نہ آ جاتا۔ ہاں صاحب تو بات کہاں کی کہاں پہونچی۔ میں یہ کہہ رہا تھا کہ اس فنکشن میں یہ کمبخت رضا بھی موجود تھا۔ میری تو خاک سمجھ میں نہیں آتا کہ یہ آدمی آخر حکومت کیسے کرتا ہو گا۔ ترابڈ ہوتا ہے۔ لگا عوام عوام چلانے۔ اس موقع پر اتفاق سے پریسیڈنٹ ہادر بھی موجود تھے۔ موصوف نے اس کو آنکھوں آنکھوں میں اشارے بھی کیے پر وہ خاک نہ سمجھا۔ کہنے لگا یارو میرے ملک میں ایک عجیب ہنگامہ برپا ہے۔ عوام تیل کی صنعت کو نیشنلائز کرنا چاہتے ہیں۔ میں نے کچھ کہنا چاہا مگر خاموش ہو گیا۔ کسی زمانے میں سنا تھا پڑھو فارسی اور بیچو تیل۔ مجھے اسی پر درب کا خیال آیا۔ اس کی واہی تباہی باتیں سن کر ہم لوگوں سے ضبط نہ ہو سکا اور ہنس دیئے۔ موسیو شومان بولے "آپ خود بیانات دینے کی زحمت کیوں گوارا کرتے ہیں؟ آخر یہ سکریٹری کس مرض کی دوا ہوتا ہے؟ پھر ہم سب نے مل کر سمجھایا گر کہئے لارڈ بٹلر ٹیلر بڑا ایرانا گھاگ ہے۔ وہ رضا کو کسی بہانے سے باہر لے گیا تب جا کے کہیں نجات ملی۔ اس پر بھی سارا مزا تو کرکرا ہو چکا تھا۔ لارڈ بٹلر ٹیلر کو تو تم جانتے ہی ہو گے دوسری عالم گیر جنگ میں اس کا اہم رول رہا ہے۔ بڑی پیاری ریس کھیلتا ہے جناب۔ آغا خان کا تو اس نے ناک میں دم کر رکھا ہے۔ آدمی کیا ہے چھلاوہ ہے چھلاوہ! اسی لیے

تو ہم لوگ اس کو فری لانسر بھی کہتے ہیں۔ اتنے عرصہ میں مسٹر بیگ جن کی شخصیت میرے لیے اور بھی پر اسرار ہو چکی تھی، ایک لمبی آہ کھینچ کر ایک اور سگریٹ سلگانے لگا، میں نگاہ نیچی کیے ایش ٹرے میں ادھ جلے سگریٹوں کو گننے کی ناکام کوشش کر رہا تھا۔ بیگ اس وقت نہایت پیارے انداز میں دھوئیں کے حلقے بنا بنا کر فضا میں بکھیر رہا تھا۔ اس کی چین اسموکنگ کی وجہ سے فضا میں سگریٹ کی بھینی بھینی خوشبو بس گئی تھی۔ سگریٹ کا ٹن جو اس کے آنے سے قبل میں نے خریدا تھا اب تقریباً خالی ہو چکا تھا، وہ میز پر رکھے ہوئے "اون لکر" اور "ٹائمس آف انڈیا" کے تازے پرچے غور سے دیکھ رہا تھا۔ پھر "فلمس انڈیا" کو اٹھا کر کہنے لگا

"اچھا تو آج کل بابوراؤ پٹیل فلمس انڈیا نکال رہا ہے، ظالم نے بڑا اچھا پرچہ نکالا ہے ادھر اشوک بھی موجود ہے، کمبخت بہت موٹا ہو گیا ہے۔" میں نے حیرت سے اس کی طرف دیکھتے ہوئے پوچھا۔ "آپ ان دونوں کو جانتے ہیں؟"

"ہاں میں ان دونوں کو جانتا ہوں۔ بابوراؤ سے میری ملاقات لارڈ ماؤنٹ بیٹن نے انگلینڈ میں کرائی تھی۔ ان دنوں لارڈ کو خبط سوار تھا کہ مجھے زیادہ سے زیادہ ہندوستانیوں سے ملوایا جائے۔ بات یہ تھی کہ ایک دن کاک ٹیل پارٹی میں کہیں میں نے موصوف سے مذاق میں کہہ دیا تھا کہ "آج کل میری طبیعت بہت گھبرا رہی ہے، شاید میں انڈیا واپس چلا جاؤں۔" لارڈ نے اس بات کو بہت ہی سیریس لی۔ ٹیک اپ کیا۔ اس دن سے بیچارا پکڑ پکڑ کر ہر ہندوستانی سے ملواتا۔ یہ اشوک تو ان دنوں اتنا موٹا نہ تھا۔ سر جان ہنٹر نے مجھے اشوک سے ملواتے ہوئے کہا تھا۔ "بیگ ان سے ملو۔ یہ ہیں ہندوستان کے مایہ ناز کیریکٹر ایکٹر اشوک کمار۔" پھر انڈیا ہاؤس میں اکثر شامیں ہم دونوں نے ایک ساتھ گزاریں۔ بڑا عجیب آدمی ہے۔ میں نے ان ہی دنوں اس کا ٹیلی ویژن پر ایک شو بھی کرا دیا تھا جس کا آج تک

احسان مانتا ہے، اچھا ہوا تم نے یاد دلا دیا، لوٹتے میں اس سے بھی مل لوں گا۔ کیا میں یہ تصویریں چاک کر سکتا ہوں۔ میرے دوست کی! افسوس کہ میرے پاس ایک تصویر بھی نہیں"۔

"نہیں نہیں مسٹر ہیگ۔ آپ یہ تصویریں کیا پورا پرچہ لے لیجئے، اس میں آپ کے دوستوں کی تصویریں ہیں میں دوسرا خرید لوں گا۔" اس نے شکریہ کہہ کر فلم انڈیا اٹھا لیا پھر ادن لکر کو الٹ پلٹ کر دیکھنے لگا۔

"اوہو مسٹر پرویز اس میں تو کمبخت سب اپنے ہی موجود ہیں۔ دیتا بڑی شیطان ہو گئی بیچاری کو تو اس نے نکھنی کا ناچ نچوا دیا۔ اچھا وکٹر میچیور اور ہیڈی لیمار بھی موجود ہیں کیا دن تھے وہ بھی جب میں ہالی ووڈ میں انہی لوگوں کے ساتھ سیر و تفریح کیا کرتا تھا۔ ان دنوں یہ لوگ "سام سن اینڈ ڈیلائیلا" تیار کر رہے تھے۔ اچھا یہ چارلی ابھی زندہ ہے۔ بڑا نانی ہے نانی۔ پرویز صاحب۔ ایک دن ہم لوگ مون لائٹ پکنک پر جا رہے تھے کہ چارلی صاحب کو شکار کی سوجھی۔ کہنے لگے کہ جنگل جنگل چلیں گے اور واپسی پر ٹیولائٹ پکنک کریں گے، صاحب اڑ گیا اپنی بات پر۔ غضب کا شہسوار ہے، تعریف جناب کی یہ کہ بائیں ہاتھ سے موٹر چلائیں گے اور بائیں ہی ہاتھ سے سگریٹ بھی پئیں گے، داہنا ہاتھ پتلون کی جیب سے باہر نہیں نکالیں گے، پھر کیا مجال کہ جناب کوئی ایکسیڈنٹ نام کو بھی ہو جائے۔"

بات کرتے کرتے وہ رک گیا۔ شاید وہ کوئی گزری ہوئی بات یاد کرنے کی کوشش کر رہا تھا۔ پھر بولا۔

پرویز صاحب یہ ادن لکر آپ مجھے دیں یا نہ دیں مگر یہ میں لے جاؤں گا۔"

"ہاں ہاں آپ شوق سے لے جائیے یہ آپ ہی کا ہے۔"

میں نے ادن لکر اس کی طرف بڑھا دیا۔ اتنے میں بیرا بل لے آیا۔ مسٹر ہیگ

۔نے بیرے کے ہاتھ سے بل جلدی سے چھین لیا۔ اب مجھ میں اور مسٹر بیگ میں کافی ادن کا بل ادا کرنے پر کشمکش ہونے لگی۔ میں چاہتا تھا کہ بل میں ادا کروں، اور وہ کہتا تھا کہ نہیں میں خود ادا کروں گا۔ اتنے میں اس نے بیرے سے کہا پانی لے آؤ۔ بیرا چلا گیا۔ اور وہ جھنجلا کر بولا۔ "یہ ڈیئر صاحب یہاں کے بیرے بڑے بدتمیز ہیں۔ اکثر سر پر کھڑے ہو جاتے ہیں۔ آخر گڈ ول بھی تو کوئی چیز ہوتی ہے۔ سوئٹزرلینڈ میں تو بیرے اس قدر سدھے ہوئے ہوتے ہیں کہ اشاروں پر سروس کرتے ہیں۔ وہ کچھ بات کہتے کہتے رک گیا اور پریشانی کے عالم میں سگریٹ سلگا کر ٹائمز آف انڈیا کے ورق پلٹنے لگا۔

میں نے دریافت کیا۔

"آپ نے آج کا اخبار نہیں دیکھا۔" "آج فرصت ہی کہاں ملی۔" "پھر دیکھ لیجئے نا۔" "مگر وقت کہاں ہے، حالانکہ آج ایڈیٹوریل غضب کا لکھا ہے۔ اس کو دیکھوں گا ضرور، لکھتا خوب ہے ظالم۔"

"تو پھر لیتے جائیے نا۔" "مگر آپ؟" "اوہ آپ میری فکر نہ کیجئے۔"

اب میں اس کی شخصیت سے اس قدر مرعوب ہو چکا تھا کہ مجھ میں احساس کمتری پیدا ہونے لگا جو میری فطرت کے خلاف تھا۔ چنانچہ میں نے اس کو تنگ کرنے کے لیے چھلی باتیں کرنا شروع کیں —

"مسٹر بیگ معاف فرمائیے گا۔ اپنی ایک غلط فہمی دور کرنا چاہتا ہوں۔ کیا یہ حقیقت نہیں کہ جب غریب کلیم آپ کے بل بوتے پر اپنا گھر بار چھوڑ کر آپ کے پاس آیا تو آپ اس کو ایک رات ٹھہرا بھی نہ سکے۔ بیچارے کلیم کو ویران مسجد میں ٹھہرایا۔ اس کو شدت بھوک میں مٹھی بھر چنے کھلا کر ٹالا۔ صبح کو اسے پولیس کے حوالے کر دیا۔ آپ نے

تو ظاہر کیا تھا کہ جائداد کی قسم کی کوئی ایسی چیز نہیں جو آپ کے پاس نہ ہو۔ لیکن اصلیت یہ نکلی کہ جس عالی شان حویلی کو آپ اپنا بتلاتے تھے اس کے پیچھے اپلوں والی ٹال کے برابر جو کچا مکان تھا اور جس کے نہ صرف بیشتر چھپر غائب ہو چکے تھے بلکہ ان میں اس قدر گنجائش نہ تھی کہ ایک شخص کو آپ رات بھر کے لیے ٹھہرا سکیں اسی کے اندر سے آپ برآمد ہوئے تھے۔ میں پوچھتا ہوں کہ آپ نے کیا غلط بیانیوں سے کام نہیں لیا؟"[1]

میرا خیال تھا کہ وہ میرے ان تابڑ توڑ حملوں کی تاب نہ لا سکے گا، مگر میری حیرت کی انتہا نہ رہی جب میں نے دیکھا کہ وہ مستقل مسکرا رہا تھا وہ ہنستا ہوا بولا۔

"اوہ مسٹر پریذیڈنٹ آپ تو ذاتیات پر اتر آئے۔ خیر اگر آپ دریافت کرتے ہیں تو میرے بیان کر دینے میں چنداں مضائقہ نہیں۔ بھلا غور کرنے کی بات ہوئی کہ میرا ایسا پالشڈ اور کلچرڈ آدمی یہ کرے گا؟ آپ یوں سمجھ لیجئے کہ مانا کلیم میرا دوست تھا، مگر یہ اس کی بڑی خراب عادت تھی کہ بات بات پر جب دیکھو کلیم صاحب گھر سے بگڑ کے چلے آ رہے ہیں۔ یعنی جناب۔ اس شخص نے اس معاملہ میں بچوں تک کو مات کر دیا تھا۔ آخر میں ان کا کوئی دشمن تھا جو ان حضرت کی گھر سے بھاگنے کی عادت کو انکریج کرتا۔ اول تو اس وجہ سے میں نے ان حضرت کو "نو لفٹ" پر اڑا دیا۔ دوسرے میں ان کے گھر والوں سے اپنے ٹرمس خراب نہیں کرنا چاہتا تھا، پھر جس رات کلیم گھر سے بگڑ کر میرے یہاں آیا، اُف میرے معبود! وہ رات میرے اوپر کس قدر سخت تھی۔ ایک تو کلیم جیسے دوست کی پریشانی پھر بندے کے گھر میں غشی کے دورے پڑ رہے تھے۔ میری تو جان پر بنی ہوئی تھی، وہ بے زبان تکلیف

---

[1] ڈپٹی نذیر احمد کے ناول "توبۃ النصوح" میں مرزا ظاہر دار بیگ کے کردار کے ساتھ یہ واقعات درج ہیں۔

میں تڑپ رہی تھی، پھر کلیم کی پریشانی، آخر یہ بات میں نے کلیم پر بھی تو صاف کر دی تھی کہ اگر مجھ پر اس کو سخن سازی کا احتمال ہے تو سخت تعجب کی بات ہے اتنی مدت تک مجھ سے اور اس سے صحبت رہی مگر افسوس کہ اس نے میری طبیعت کو نہیں پہچانا۔

یہ ٹھیک ہے کہ میں کچے اور بوسیدہ مکان میں مقیم تھا جس کا سبب میری مالی حالت نہیں تھی۔ سمجھنے والوں نے غلطی کی۔ مگر ان دنوں کچھ میں پرولتاری رنگ میں رنگ گیا تھا۔ یعنی میں اس زمانے میں ڈی کلاس ہو گیا تھا اور سیاسیات میں بہت دلچسپی لیتا تھا۔ شاید آپ اعتراض کریں کہ اس زمانے میں تو کوئی ایسی سیاسی تحریک نہ تھی۔ لیکن اس کے بارے میں آپ کو پھر تفصیل سے بتلاؤں گا۔ ہاں تو میں نے سوچا کہ اشتراکیت کا بہت قریب سے مطالعہ کیا جائے جس کے لیے ضروری تھا کہ تکلیفیں برداشت کروں اور پیارے عوام سے زیادہ سے زیادہ قریب رہوں اور ان کی اسٹڈی کروں، وہ کیا کھاتے ہیں۔ کس طرح رہتے ہیں، ان کے مسائل کیا ہیں۔ اور ان کی تکالیف کو کس طرح حل کیا جا سکتا ہے۔ تو جناب میں نے خدمت خلق کے چکر میں تو گھر بار کیا دنیا بھر کی جاگیر کو ٹھوکر مار دی۔ اور یار لوگ بات کہاں سے کہاں لے اڑے۔ آپ جناب یہ باتیں کیا سمجھیں، کوئی میرے دل سے پوچھے کہ میں نے کلیم کو ویران مسجد میں کیوں ٹھہرایا تھا۔ تو ویران، اجاڑ اور سنسان مسجد میں ٹھہرانے کی وجہ نہایت معقول تھی۔ چونکہ کلیم خدا کی ذات سے منکر تھا اور میں نے سوچا کہ ویرانی اور مایوسی میں پڑے پڑے دل کو خدا یاد آ جاتا ہے۔ چنانچہ جناب میں نے دل کو کڑا کر کے اس کو خانۂ خدا میں پناہ دی تاکہ اس کی آنکھیں اب بھی کھل جائیں اور صبح صبح میں قطب صاحب سدھارا کہ جا کر اس کے واسطے دعائے خیر کروں، مگر یار لوگوں نے اس میں بھی زمین و آسمان کے قلابے ملا دیئے

اور باقی رہا جہاں تک حیدرامی بھڑ بھونجے کے چینوں کا ذکر تو پھر جناب یہ کلیم کی خود لت تھی اور اس کی مرغوب الطبع غذا تھی، وہ ہفتوں سوائے حیدرامی کے لذیذ چینوں کے اور کچھ کھاتا ہی نہ تھا۔ ہاں مرزا زبردست بیگ نے جو کچھ کیا وہ بہت بُرا کیا۔ مگر بھائی اس کی برائی اس کے ساتھ، میری نیکیاں میرے ساتھ، مرزا زبردست بیگ بڑا ماٹی ہو۔ میں خود اس سے بڑا سخت عاجز ہوں، اس کو لاکھ بار سمجھایا کہ بھائی کچھ تو میری پوزیشن کا خیال کیا کرو، ہر جگہ خواہ مخواہ میں میرا اسکینڈل کرواتا پھرتا ہے۔ ابھی حال ہی کا تو ذکر ہے۔ زبردست بیگ، کو اسٹیٹس امریکا سے بلایا جاتا تھا، کہنے لگا کہ پیدل کراس کروں گا، اور اڑ گیا اپنی بات پر، اب آپ ہی بتلائیے۔ ساری خدائی ایک طرف اس کی خدائی ایک طرف، صاحب نام کا بھی بڑا اثر ہوتا ہے۔ اتنی عمر اس کی ہونے کو آئی مگر سنجیدگی نام کو نہیں، لاکھ بار سمجھایا کہ بھائی اب تو اپنی عمر طبعی کو پہونچ گیا ہے کچھ تو سیریس ہو جا۔ مگر نہیں، اس پر طرہ یہ کہ آج کل اس قدر بڑے اور ذمہ دار عہدے پر فائز ہیں۔ مجھے تو ڈر لگتا ہے کہ کہیں یہ بدعنوانیاں اور لڑکپن رنگ نہ لائے۔ برخوردار آج کل بی بی سی کو ایڈٹ کر رہے ہیں۔"

میں نے حیرت سے پوچھا ــــــ "آئیں۔ بی بی سی کو ایڈٹ کر رہے ہیں۔ آخر وہ کس طرح؟" ــــــ "جی ہاں! ایڈٹ کر رہے ہیں۔ ابھی پار سال کی تو بات ہے۔ میں مسٹر گورکی کے ساتھ ڈکس کے شکار کو گیا ہوا تھا، وہیں پر زبردست بیگ سے ملاقات ہو گئی۔ اس میں حیرت کی کیا بات ہے، اب تو وہ کافی تندرست ہو گیا ہے۔" میں حیرت سے آنکھیں پھاڑتا ہوا تقریباً اچھل سا پڑا۔ میں نے سخت حیرت کے عالم میں چلا کر پوچھا۔ "آپ کی پار سال گورکی سے ملاقات ہوئی تھی، آخر وہ کیسے؟" ــــــ "جی ہاں! پچھلے ہی سال

کی تو بات ہو۔ مسٹر گورکی تو میرے بڑے اچھے دوستوں میں سے ہیں۔" — مگر جناب گورکی کو تو مرے ہوئے بھی ایک مدت ہو گئی۔" "اوہ! وہ تو آپ بڑے گورکی کی بات کر رہے ہیں۔ مگر میں جن گورکی کا ذکر کر رہا تھا وہ غالباً اس کے چھوٹے بھائی ہیں۔ پھر میرا مطلب یہ ہے کہ ابھی وہاں پر بہت سے گورکی ہیں۔" "مگر حضرت گورکی کے تو کوئی چھوٹا بھائی نہ تھا۔" "اوہو! آپ بات کہاں سے کہاں لے اڑے۔ ہمیں گورکی یا اس کے چھوٹے بڑے بھائی سے کیا مطلب۔ بات یہ ہے کہ وہ ہر وقت گورکی کی تعریف کیا کرتا تھا تو ہم لوگ اسے پیار سے گورکی گورکی پکارنے لگے۔ جناب ڈکس کا نہایت ماہر شکاری ہے۔ تین دفعہ تو امن کا انعام جیت چکا ہے۔" "جناب ڈکس کے شکار پر امن کا انعام کیا مطلب؟" "ارے واہ صاحب، آپ کیا سمجھیں یہ سب آہنی پردے کے پیچھے کی باتیں ہیں۔ پھر اس نے آخر یانسی کے علاقے میں آدم خور ڈکس مار مار کر امن بھی تو قائم کر دیا تھا۔" وہ سگریٹ نکال کر سلگانے لگا۔ مجھے اس کی باتوں میں اس قدر لطف آ رہا تھا کہ میں اس کو خاموش دیکھ کر اداس ہو گیا۔ میں نے پھر باتوں کا سلسلہ چھیڑنے کے لیے پوچھا۔

"آپ ٹھہرے کہاں ہیں؟"

"اوہ میں کیا بتاؤں میں کہاں پر ٹھہرا ہوا ہوں۔ جب سے آیا ہوں تمام والیانِ ریاست یا بندے سے خفا ہیں۔ ہر ایک یہی چاہتا ہے کہ میں اس کے یہاں ٹھہروں، صاحب ایک جان ٹھہری اور ہزاروں بلاوے۔"

"مگر مسٹر بیگ آپ نے یہ تو بتلایا نہیں کہ آخر آپ کرتے کیا ہیں؟"

قبل اس کے کہ وہ میری بات کا کچھ جواب دیتا بیرا پھر دوبارہ بل لے کر آ گیا۔

اس کو خاموش دیکھ کر میں نے دریافت کیا۔ "کیا ہوا"۔ وہ بڑے فکرمند لہجے میں بولا۔ "لٹ گیا بھائی کوئی چوٹ، کچھ نہیں ہوتا کیا۔ کسی نے میرا پرس نکال لیا۔ اس میں تقریباً تین ہزار روپیہ تھا، پھر اس نے جیب سے چیک بک نکال کر دیکھی اور کہنے لگا "اُف چیک بک بھی ختم ہو گئی، اب کیا ہوگا۔ آج ہفتہ ہے، کل اتوار، پیر کو بنک والی ڈے ہے۔ میں تو کہیں کا بھی نہیں رہا۔ سب بنا بنایا پروگرام اَپ سٹ ہو جائے گا۔" یہ کہہ کر اس نے Chase بنک کی پاس بک نکالی۔ دنیا کا سب سے بڑا بنک کی پاس بک اس کے ہاتھ میں تھی۔ میں نے ہمدردی کرتے ہوئے کہا۔ "معلوم ہوتا ہے کہ کسی گرہ کٹ نے آپ کا پرس نکال لیا، مگر اس میں پریشان ہونے کی کیا بات ہے، میرے لائق جو خدمت ہو بندہ حاضر ہے۔" وہ بولا۔ "نہیں آپ کا بہت بہت شکریہ۔ روپیہ کی تو کوئی بات نہیں ابھی تو Chase بنک میں چار پانچ لاکھ روپیہ پڑا ہے۔ مگر بنک تو منگل سے پہلے کھلنے کا نہیں، ویسے لائیے میں آپ کو پرامیسری نوٹ لکھ دوں۔"

مگر میں نے بُرا مانتے ہوئے کہا۔ "آپس میں کہیں لکھا پڑھی ہوتی ہے۔ آپ کو کس قدر روپے کی ضرورت ہے۔" "ویسے تو اندازاً پانچ سو میں کام چل جائے گا۔ تین دن کی تو بات ہی ہے، مگر بہت کفایت شعاری سے کام چلانا پڑے گا۔" اور میں نے اس کو پانچسو گن دیئے۔ میں نے سوچا کہ اگر میری ایک مہینے کی تنخواہ کا ایک حصہ ایک شریف آدمی کے کام آجائے اور وہ اتنا بڑا آدمی اس حقیر رقم کی وجہ سے میرا احسان مند رہے تو اس سے اچھی بات کیا ہو سکتی ہے۔ روپیہ پیسہ بھی اسی دن کے لیے ہوتا ہے اتنے میں مجھے خیال آگیا، بیرا بڑی دیر سے بل لیے کھڑا ہے۔ مسٹر بیگ خاموشی سے سر جھکائے بیٹھے تھے میں نے بل ادا کر دیا۔ بیگ نے مجھے اپنا فون نمبر احتیاطاً نوٹ کروا دیا۔

اور اصرار کر کے وعدہ لے لیا کہ اگر اتفاق سے میں منگل کو فون کرنا بھول جاؤں تو تم مجھے خود ہی فون پر یاد کر لینا۔ یکایک وہ فکر مند ہو کر اٹھا اس نے اپنی کلائی پر نظر ڈالی۔ اس کی سنہری گھڑی چمکنے لگی۔ وہ بولا۔ "اُف ٹائم کافی ہو گیا ہے اب چلنا چاہیے، پھر ملاقات ہو گی اچھا پھر ملیں گے۔ چیریو باس!" پھر وہ فلمس انڈیا، اون لکر اور ٹائمز کے تازہ پرچے بغل میں دبا کر چلنے لگا۔ میں اس کو چھوڑنے کے لیے باہر پورٹیکو تک گیا۔ میں نے اس سے کہا۔ "لائیے میں آپ کو اپنی گاڑی پر چھوڑ آؤں۔" وہ قہقہہ مار کر ہنس دیا — "ویری ویری تھینکس — آخر موٹر کی کیا ضرورت ہے۔ میرے پاس بھی ایک چھوڑ تین تین گاڑیاں ہیں، مگر مجھے آج کل ڈائیوٹیز کی سخت شکایت ہے۔ ڈاکٹرس کا مشورہ تو یہی ہے کہ اگر آپ پیدل نہ چلیے تو آپ کی صحت گر جائے گی، پھر آج مجھے پیدل چلنے کا موقع کہاں ملا۔ دیکھیے نا۔ ادھر پیدل چلنے کے باعث میری صحت کس قدر بہتر ہو گئی ہے۔ اچھا۔ بائی بائی — بائی بائی —" اور وہ مجھ سے ہاتھ ملا کر پھرتی سے تیز تیز چل کر گنج کے ہجوم میں غائب ہو گیا —

اچانک کافی ہاؤس کے منیجر نے میرے کندھے پر ہاتھ رکھ دیا۔ میں نے مڑ کر دیکھا۔ وہ بولا — "معاف کیجیے گا۔ آپ کی پاس بک ٹیبل پر ہی رہ گئی تھی۔" شکریہ کہہ کر میں نے پاس بک اس سے لے لی۔ منیجر چلا گیا۔ میں نے سوچا کہ ابھی جب مسٹر بیگ کو احساس ہوگا کہ پاس بک رہ گئی ہے تو وہ دوڑا ہوا آئے گا۔ میں اس کے انتظار میں بڑی دیر تک کھڑا رہا۔ وقت گزاری کے لیے میں نے پاس بک کھولی کہ دیکھوں کتنی زبردست رقم اس کی بینک میں جمع ہے۔ اوپر جلی حروف میں لکھا ہوا تھا۔ Laydo Bank انڈیا برانچ۔

اور میں ایک دم اچھل پڑا، جیسے کسی بچھو نے اچانک ڈنک مار دیا ہو۔ میری حیرت کی انتہا نہ رہی۔ اُف خدایا۔ باہر سے تو وہ پاس بک تھی اور اندر سے فلمی گانوں کی ڈائری۔

بھیم پلاسی بھیم...... تقدیر سے تدبیر بنالے...... لارے لپا......

آج کل کے جنگل میں۔ خالی جیب مٹکتے نین...... درد کا ایک شعر لکھا ہوا تھا۔

؎ تہمتیں چند اپنے ذمے دھر چلے
جس لیے آئے تھے سو ہم کر چلے

میں نے جل کر غصے میں بیاض نما پاس بک بند کر دی اور ٹیلی فون کرنے کے لیے ڈائل گھمایا تو پتہ چلا کہ وہ نمبر فائر بریگیڈ کا تھا۔ مگر فائر بریگیڈ والے دل کی آگ کیسے بجھا سکتے تھے۔ میں آدمی ہوں کوئی مکان تو نہیں۔

میری بہن کی سہیلیاں

شاید آپ کہیں "اور بیوی کی سہیلیاں" تو میں کہوں گا کہ مجبوری یہ ہے کہ شادی نہیں ہوئی ہے ورنہ دیگر شادی شدہ حضرات کی طرح میں بھی بڑے رعب سے بات اپنی بیوی سے شروع کرتا۔

میں اپنی بہن اور اُن کی سہیلیوں کا تو نام بھی لے سکتا ہوں، مگر بیوی کے ہوتے ہوئے پھر یہ ممکن نہ رہتا اور اُن نے کہا"۔ اجی سنتی ہو"۔ میں کہتا ہوں آخر تم کو ہو کیا گیا ہے"۔ "وہ پولیس کیا کہتے ہو"۔ قسم کا مضمون ہو چکا ہوتا۔ اور اگر کہیں دو چار برساتیں جھیل چکا ہوتا تو یہ مضمون ہوتا۔ "وہ تو سنے کو لے کر زنانہ پارک گئی ہیں اور میں گھر رکھا رہا ہوں"۔ یا" ڈاکٹر کے یہاں تو تم نے سارا دن لگا دیا جی، مگر اس وقت بیوی کے مرثیے اور قصیدے کی نہ گنجائش ہے اور نہ ضرورت۔ ورنہ سارا مضمون سخن چلی

کی پلاننگ بن کر رہ جائے گا۔

ہاں تو قدرت نے مجھے نصف درجن بہنیں عطا کر رکھی ہیں۔ اب اسے کیا کیا جائے کہ یہ سب کو سب میری نہایت شدید قسم کی آپائیں واقع ہوئی ہیں۔

اگر بات آپا ہونے تک رہتی تو غنیمت تھا۔ مگر مشکل یہ آن پڑی کہ یہ سب کی سب بے حد سوشل واقع ہوئی ہیں۔ یہ بات شاید آپ کو کچھ عجیب لگے۔ مگر میں عرض کردوں گا کہ ان سب کی لاتعداد سہیلیاں واقع ہوئی ہیں۔ ٹریجڈی کی بات یہ ہے کہ میری پانچ بہنوں کی شادیاں خدا کے فضل وکرم سے بڑے دور دراز مقام پر ہو گئیں۔ اب رہیں ایک صاحبہ جو ہنوز زیر تعلیم ہیں اور انھوں نے ان تمام سہیلیوں کو سمیٹ لیا ہے۔ ان سہیلیوں کے بارے میں جہاں تک میری معلومات کا تعلق ہے وہ صرف اتنی کہ نہ ان میں سے کسی کی آج تک شادی ہوئی ہے نہ کسی کے والدین کا تبادلہ ہوا نہ کبھی کوئی کسی حادثہ کا شکار ہوئی۔ نتیجہ کے طور پر جس طرح اکثر کمزور دل حضرات کے یہاں مہمانوں کا تانتا لگا رہتا ہے۔ اسی طرح میرے گھر میں میری بہن کی سہیلیوں کا جمگھٹا لگا رہتا ہے۔ جن کی آمد ورفت سے اکثر حضرات میرے گھر کو گرلز کالج تک سمجھ بیٹھے ہیں۔ اگر گھر کرایہ کا ہوتا تو اسے تبدیل کرکے دور ہی ... کا خیال بھی دل میں لا سکتا تھا۔ مگر مصیبت یہ ہے کہ گھر ذاتی ہے، اور یہ سہیلیاں نہ صرف میری آپائیں بن گئی ہیں بلکہ مجھ پر ہر قسم کے شکوک کا اظہار بھی کرنے لگی ہیں۔ مجھے قدم قدم پر ٹوکتی ہیں۔ ادھر میں نے باہر جانے کے لیے لباس تبدیل کیا اور سوچا ذرا کلب یا کافی ہاؤس کی جانب نکل جاؤں اور ان سہیلیوں میں سے کسی ایک نے نصیحت کرنا شروع کر دی۔

"کہیے جناب! یہ بال وغیرہ بنا کر کہاں چل دیئے۔ آج کل آپ کا

دل گھر میں ذرا کم لگتا ہے۔"

قبل اس کے کہ میں ان کی بات کا کوئی معقول جواب دے سکوں کہ ان میں سے دوسری فرماتی ہیں۔

"یہ شیو کیوں بڑھا رکھا ہے۔ کیا آج کل شاعری شروع کر دی ہو آپ نے؟ اب آپ شاعروں میں بیٹھنے لگے ہیں۔"

تیسری کہتی ہیں:۔

"اگر یہی چلن ہیں تو کہیں ڈھنگ کی لڑکی بھی نہ جڑے گی۔"

اب میں ان کے سامنے منھ بھی نہیں کھول سکتا کہ بقول میری آپا کے، ان میں سے کوئی ایسی نہیں ہے جس نے بچپن میں تمھاری کان گوشی نہ کی ہو۔ یا مرغا نہ بنایا ہو۔ بلکہ اکثر نے تو ایک ٹانگ پر گھنٹوں کھڑے رہنے تک کی سزا دی ہے۔ چنانچہ لاجواب ہو کر سر جھکائے گھر سے نکل جاتا ہوں۔

دیر یا سویر وہ وقت آ ہی جاتا ہے جب میں ضرورتاً یا مجبوراً گھر کا رُخ کرتا ہوں اس وقت مجھ سے عمر میں کم مگر آپا کی سہیلیاں پھر میری ٹانگ لیتی ہیں۔ اور میں جل تو جلال تو کا وظیفہ پڑھتا ہوا گھر میں داخل ہوتا ہوں۔ اس وقت یہ سہیلیاں میرے اوپر سوالات کی بوچھاڑ کر دیتی ہیں۔ مگر اس لیے اور بھی جلد آ جاتا ہوں کہ ان تمام سہیلیوں کو ان کے گھر پہونچانے کا کام بھی مجھے ہی انجام دینا پڑتا ہے جبکہ یہ سہیلیاں شہر کے مختلف حصوں میں آباد ہیں۔ ان میں سے اگر کوئی دیر سے گھر پہنچے تو ان کی تمام ذمہ داری بھی میرے ہی سر رہتی ہے۔

"آج بڑی دیر لگا دی۔ کہاں تھے اب تک جی!"

یہ گویا سہیلی کے والدین میں سے کوئی پوچھ بیٹھتا ہے جیسے میں بھی کوئی چپراسی یا کہار وغیرہ واقع ہوا ہوں۔

میرے گھر پر ان سہیلیوں کا بجا و بیجا قبضہ ہے۔ میرے کمرہ کی جھاڑ پونچھ ترتیب و صفائی پر یہ قابض ہیں۔ عموماً جب میں یونیورسٹی یا اپنے رسالے کے دفتر سے لوٹتا ہوں تو کچھ اس قسم کے جھگڑے اٹھ کھڑے ہوتے ہیں۔

"کیوں صاحب یہ آپ کے سرہانے سے ماچس کیسے برآمد ہوئی؟"

"کہیں سگریٹ یا بیڑی تو نہیں پینے لگے؟"

چنانچہ جواب دیتے دیتے سویرا ہو جاتا ہے۔ رائے عامہ کو ہموار کرنا آسان نہیں ہوا کرتا۔ سہیلیاں بھی کافی منہ زور واقع ہوئی ہیں اور ان کو پکا یقین ہو گیا ہے کہ میں سگریٹ پیتا ہوں اور میرے منہ سے ضرور بو آتی ہے۔

ماچس کی بات جانے دیجئے۔ ابھی پچھلے ہفتہ میری کتابوں کی الماری درست کرنے میں کہیں سے ایک تاش کی گڈی نکل آئی۔ تب سے لاکھ صفائی پیش کرنے کے باوجود سب کی نظروں میں ایسا لڑکا سمجھ لیا گیا ہوں جو ضرور جوا کھیلتا ہے۔ لطف کی بات یہ کہ مجھے تاش کے پتے تک پہچاننے نہیں آتے اور یہ گڈی میرے ایک عزیز چھوڑ گئے تھے۔ مگر میری کوئی سنے بھی۔ اگر اسی رفتار سے میری غلطیاں پکڑی اور تشہیر کی جاتی رہیں تو وہ دن دور نہیں جب یا تو میرے والدین مجھے عاق کر دیں یا پولیس کے ذریعہ میری نگرانی کرائیں۔

ایک دن تو غضب ہی ہو گیا، میری کتابوں کی درستی اور سامان کی خفیہ تلاشی کے سلسلے میں چھاپہ مار دستے نے ایک لڑکی کی تصویر برآمد کر لی۔ تصویر سب نے

بے حد پسند کی۔ میری پسند کو خاصہ سراہا گیا۔ بلکہ اکثر نے طے کر لیا کہ وہ درپردہ میری مدد بھی کریں گی اور شام کو وہ لڑکی بھی چائے پر کسی بہانے سے بلا بھی لی گئی۔ میں جب گھر پہونچا تو میری بہن کی سہیلیوں نے بلا کچھ مجھے بتائے یا مجھ سے کچھ پوچھے بغیر میری بہت خاطر کی۔ دوران چائے میں کبھی میری اور کبھی اس لڑکی کی جس کا کبھی ہم سے تعارف کرایا گیا تھا کی حرکات وسکنات کی نہایت کڑی نگرانی کی گئی۔ چائے کے بعد جب میں اٹھنے لگا تو مجھے اصرار کرکے دوبارہ بٹھایا گیا۔

"آپ آخر اتنا ہنستے کیوں ہیں؟"

تعارف پر میں نے کہا۔

"آپ سے مل کر خوشی ہوئی۔"

اس پر ایک سہیلی نے کہا۔

"اور اس سے پہلے کیا غمی ہوئی تھی۔"

غرض نہ میری سمجھ میں کچھ آیا نہ اس لڑکی کی۔

لڑکی کو مجھے اس کے گھر پہونچانے کو کہا گیا۔ میں نے حامی بھر لی۔ مگر میری شامت دیکھئے لڑکی کو اس کے گھر پہونچا کر جو لوٹا تو ایک بے تکلف دوست مل گئے اور زبردستی مجھے سنیما لے گئے۔ سنیما سے دیر سے لوٹنے پر میری بہن کی سہیلیوں نے اچھی خاصی پریس کانفرنس کر ڈالی۔

"اب پہونچا کے لوٹے ہیں۔"

"لڑکی کیا سات سمندر پار رہتی ہے؟"

"جلدی کیا تھی، کل آ جاتے۔"

"کیا کیا باتیں ہوئیں؟"

جب ہم نے ان کے ہر اشتیاق سے پُر سوال کا جواب نفی میں دیا تو ہم کو مثال کے طور پر وہ تصویر دکھائی گئی۔ ہم نے اس پر بھی لاعلمی کا اظہار کیا تو مجبوراً ہم کو وہ کتاب دکھائی گئی جس میں سے تصویر برآمد ہوئی تھی اور صبح سے عام گفتگو اور ہنگامہ کا سبب بنی ہوئی تھی۔ تب ہماری سمجھ میں آیا کہ وہ کتاب ہمارے دوست کی تھی جس سے ہم پڑھنے کے لیے مانگ کر لائے تھے جس میں غالباً اتفاق سے یہ تصویر رہ گئی ہوگی۔ تب جاکر معاملہ رفع دفع ہوا۔ مگر بس اس قدر کہ ہماری آپا کو مشورہ دے دیا گیا کہ اب یہ بھٹکنے لگے ہیں۔ چنانچہ جلد ہی ان کے ہاتھ پیلے کر دیے جائیں۔ ہماری آپا نے اپنی سہیلیوں کی موجودگی میں ہمارے والدین سے ان کی رائے طلب کی۔ اور ہمارے والدین نے ہمارے اوپر کرفیو آرڈر لگا دیا۔

"چراغ جلنے کے بعد گھر سے باہر مت جاؤ، جو قدم اٹھاؤ سوچ سمجھ کر اٹھاؤ"۔

اور آخر میں کہہ دیا۔

"ابھی ہم مرے نہیں ہیں"۔

اب اس کے آگے ہم بھی خاموش ہو گئے اور دل میں ہم نے اپنی آپا کی سہیلیوں کو کوس ڈالا۔

فرصت کے اوقات میں ہم اکثر اپنے احباب کے گھر جاتے ہیں۔ کبھی کبھار وہ بھی ہمارے گھر آجاتے ہیں۔ ان کے جانے کے بعد ہماری بہن کی سہیلیاں ہم سے چھوٹتے ہی پوچھ بیٹھتی ہیں۔

"یہ کون لفنگا تھا؟"

"اس کو بات کرنے کی تمیز نہیں۔"

"کتنے زور سے ہنس کیوں رہا تھا؟"

"ایسے لوگوں کو گھر میں کیوں آنے دیتے ہو؟"

"یہ کیا کہہ رہا تھا اس نے صبح سے نہیں پی؟"

"شراب پیا ہوگا۔"

"وہ تو اس کی آنکھیں بتا رہی تھیں!"

"ہوا غنڈہ معلوم ہوتا ہے۔"

"ان کے دوست بھی ایسے ہی ہیں۔"

اب اگر ہم کہیں کہ سگریٹ مانگ رہا تھا تو اسمبلی میں ہماری سگریٹ نوشی پر ایک بار پھر مباحثہ چھڑ جاتا۔ چنانچہ خاموشی سے سب کچھ برداشت کرتے رہے، امتحان ہوا اور ہم ایم اے میں فرسٹ آئے اس دن ہمیں امید تھی کہ آپا کی سہیلیاں نہ صرف مبارکباد دیں گی بلکہ انعام وغیرہ بھی ملے گا۔

"فرسٹ تو کئی آئے ہوں گے۔"

"ٹاپ کیوں نہیں کیا؟"

"آخر وہ بھی تو خدا کا بندہ ہوگا جس نے ٹاپ کیا ہوگا۔"

اور ہم سمجھ گئے کہ ان سب سے پیش پانا مشکل ہے۔ اب بس یہی ایک صورت ہے کہ ہم کو دور دراز کسی دوسرے صوبے میں ملازمت مل جائے تو نجات ممکن ہے ورنہ یہاں تو اگر روزے بھی بخشوانے گئے تو اُلٹی نمازیں گلے پڑ جائیں گی۔ البتہ کبھی ان سے انتقام لینے کی ایک صورت نظر آتی ہے۔ وہ یہ کہ ان میں سے کسی ایک سے ہماری

شادی ہو جائے اور یہ سب کی سب ہماری سالیاں قرار پا جائیں اور پھر ہم ان سب پر رعب ماریں۔ ڈرتا ہوں یہ بات میری آپا نہ سن لیں ورنہ پھر کیا ہوگا؟۔